琅琅书声·声声励志

小·学生励志故事朗读本
GaoSuZiJiWoNengXing
告诉自己：我能行

总 主 编：滕　刚
本册主编：李雪峰

东方出版社

图书在版编目（CIP）数据

小学生励志故事朗读本．告诉自己：我能行／滕刚主编；李雪峰分册主
　编．—北京：东方出版社，2010.1

ISBN 978-7-5060-3786-0

Ⅰ．小…　Ⅱ．①滕…②李…　Ⅲ．①语文课-阅读教学-小学-课外读物 ②儿
童文学-故事-作品集-世界　Ⅳ．G624.233　I18

中国版本图书馆 CIP 数据核字（2009）第 243732 号

小学生励志故事朗读本·告诉自己：我能行

XIAOXUESHENG LIZHI GUSHI LANGDUBEN GAOSU ZIJI WO NENGXING

总主编　滕刚　　本册主编　李雪峰

策划编辑　刘智宏

责任编辑　刘智宏　张世龙

封面设计　傅　远

出版发行　东方出版社

地　　址　北京朝阳门内大街 166 号

邮　　编　100706

邮购电话　(010)65289539/65250042

印　　刷　北京京都六环印刷厂

经　　销　新华书店

版　　次　2010 年 1 月第 1 版　2010 年 1 月北京第 1 次印刷

开　　本　730 毫米×970 毫米　1/16

印　　张　13

字　　数　140 千字

书　　号　ISBN 978-7-5060-3786-0

定　　价　23.80 元

目录

第三辑　总有一种声音让你绽放光彩

第四辑　做一只打不碎的玻璃杯

第五辑　再破的盆里也能开出美丽的花

第六辑　别怕，黑暗一捅就破

第七辑　下次走的是下次的路

第八辑　下一站就是成功

第 一 辑

不放过擦身而过
的每一次机会

BuFangGuoCaShenErGuoDe
MeiYiCiJiHui

告诉自己：我能行

飞越喜马拉雅山

文/清 山

喜马拉雅山号称"世界屋脊"。即便如此，它的高度在今天仍旧在不断攀升，也正是它无与伦比的高度和反复无常的恶劣气候环境，吸引了众多登山的勇士。在攀登珠穆朗玛峰的登山者中，平均每十个人中就会有一人长眠于此。

因此，喜马拉雅山被称为"鸟都飞不过的高山"。

但蓑羽鹤偏不信邪，每年约有五万只蓑羽鹤为了抵达印度过冬，都要飞越看起来高不可攀的喜马拉雅山。

漫天飞舞的蓑羽鹤遭遇的困难一点儿也不逊于登山者。在飞越之前，由于经历了长距离飞行，缺少水和食物，它们的体力已经很差。但为了躲过风暴的袭击，蓑羽鹤必须竭力扇动翅膀飞到足够的高度。困难是接踵而来的，在山谷间，它们又遭遇了强烈的气流。没有办法，蓑羽鹤群只能返回，否则，整支队伍就会遭遇灭顶之灾。

新的一天意味着新的机会，它们再次结队出发。这其中，有很多蓑羽鹤是第一次尝试飞越喜马拉雅山，或许也将是它们最后一次飞越。蓑羽鹤彼此呼唤、鼓励着，巧妙利用上升的暖气流帮助升高……

在高空中，它们遭遇了金雕的截击。金雕的翼展可达两米，雕群两只一组在鹤群间穿梭，把年轻的没有经验的蓑羽鹤与大部队分隔开来，然后各个击破。被分离出队伍的蓑羽鹤可能逃过一只金雕的袭击，但总会被另一只金雕捉住。

在这样的时刻，鹤群无暇顾及同伴的生死，它们只能继续艰难地向上飞……在最后的上升阶段，蓑羽鹤每扇动一次翅膀都非常吃力……最后，鹤群凭借顽强的意志力，终于飞越了路途中最大的障碍——喜马拉雅山。

鹤群呼啸着飞越世界之巅那一刹的场景是壮观而又绝美的，足以震撼每一个观望者的神经！这样的飞越，对于它们而言，不是毕其功于一役获得的终生荣耀，只是年复一年必经的一次平凡而又危险的旅程。也许我们在生活中的每一天都要面临许许多多的困难和挑战，沉醉于一时的胜利无疑是浅薄而可笑的！蓑羽鹤的壮举告诉我们：再多再大的困难都是可以战胜的，关键是要拥有一颗执著、坚强、单纯而又勇敢的心，挫折越多越大，越能显现跨越者的强大。困难的价值才能体现胜利者的价值！

把梦想握在
自己的手里

文/崔修建

　　20 世纪中叶的一个夏天，一位从法国南部偏远的乡村来到首都巴黎寻找机遇的青年，漫步在香榭丽舍大街上，欣赏着流光溢彩的现代化都市的繁华，快速成功的渴望在心底强烈地燃烧起来。

　　他清楚自己身份卑微，除了拥有年轻的梦想，几乎没有任何优势可言。而要靠自己一点点地打拼，似乎又太缓慢、太艰难了。他想借助外力走一些捷径，于是便揣着自己的梦想，开始四处拜访自己崇拜的社会名流，但迎接他的却是一连串的失望，除了收到一大堆的鼓励以外，没有一位名流能够真真切切地助他一臂之力。

　　满怀失落的他，拖着疲惫的身子在黄昏的大街上踯躅着，不知不觉间来到希尔顿大饭店门前。他呆呆地立在那里，用羡慕的目光打量着饭店前那一部部豪华的名车，和那些进进出出的衣着光鲜、时尚的成功人士，自己眼下的卑微与心中高远的梦想，一时间搅得他心海难平。

　　他那有些奇异的举止，引起了一位精神矍铄的老者的注意。老者慢慢地走到他跟前问道："年轻人，有什么需要帮助

的吗？"

"我有一个很大的梦想，希望有人能帮我实现，但一直没有这个人。"他神色抑郁地说。

"什么样的梦想，不妨说出来让我听听。"老者面含微笑。

"不说那些遥远的梦想了，我现在的梦想，就是能走进这座金碧辉煌的大饭店，在那间最好的包房内，听着优美的钢琴曲，慢慢地品味最精美的大餐。"他不愿再谈自己远大的抱负，顺口说了一个近切的愿望。

"如果你愿意，请跟着我来，我现在就可以帮你实现这个梦想。"老者做了一个邀请的动作，带着他朝饭店里走去。

他真的被领进了只有在电视上才见过的世界最高档的餐厅，坐到了柔软的皮椅上，听到了最动听的音乐，并被告知菜单上所有的菜肴，他都可以任意点，最后由老者来付费。原来，那位老者正是这家饭店最大的股东——亨利先生。

"谢谢您，我懂得自己该怎么做了……"他突然放下手中制作精美的菜单，朝老者深鞠一躬，急匆匆地离开了饭店。

十年后的一天，亨利突然接到在零售业界不断制造奇迹的凯特的电话，说他要专程来拜谢亨利，感谢亨利曾帮助他走上成功之路……

亨利困惑不解：自己并不曾与凯特打过交道啊，又何谈曾帮助过他呢？不会是凯特记错对象了吧？

当一位风流倜傥的中年人站到亨利面前时，亨利不禁惊讶地喊道："原来是你啊！"

凯特激动地点头："谢谢亨利先生，正是当年您把我领进饭店，让我真切地触摸到了梦想原来可以是那样的实实在在，让我在那一刻懂得了，别人固然能够帮助我实现梦想，但那只是短暂的一瞬，我应该把梦想握在自己的手里，像许多成

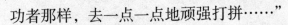

功者那样，去一点一点地顽强打拼……"

　　亨利翘起了拇指："说得好，无论是高远的还是近切的梦想，都应该握在自己的手里，慢慢地去圆……"

上帝常常不出面

文/罗 西

　　而立之年的克里斯·加德纳，原是一名平凡的推销员。他不甘心这样庸碌一生，于是转行投资股市。然而，他很快就遭受了沉重的打击，颗粒无收，连自己的房子也被银行抵押。伤心的妻子无法忍受这样贫寒窘迫的生活，一番挣扎后离开了克里斯，留下5岁的儿子与克里斯一起漂泊，颠沛流离、居无定所。最潦倒时，父子俩甚至连火车站的澡堂、地铁站的厕所都住过……

　　在房东一再催租下，克里斯硬着头皮去银行，发现账户里只剩下21块钱。最后一次，房东下了逐客令。他恳求房东再宽限一周，房东勉强答应，前提条件是克里斯要为他油漆房间。克里斯愉快地答应了。只要有缓冲的余地，他仍然可以吹口哨。

　　克里斯有辆地道的老爷车，因为没车位，经常用一把大黄锁锁住，随便停泊在路边，因而经常被警察开罚单。但是就连这一点点的罚款他也交不起。

　　那天，克里斯正在油漆房间的时候，警察光临了，一身斑驳的他被带走……羁押一个晚上后，克里斯从警察局出来，

告诉自己：我能行

直奔面试现场。这天，是他改变人生的一个重要时刻：他接到通知，一家声名显赫的股票投资公司愿意给他实习的机会。

　　面试的时候，主考官问克里斯："如果有个面试的人，没穿西装，没扎领带，没着衬衫，而且满脸满身都是油漆，但却被录用了，你能告诉我这是为什么吗？"克里斯知道考官是在调侃自己，机智地说："那他肯定有一条好看的裤子。"克里斯令人心酸的幽默赢得了考官的欣赏，他终于和其他 19 个人同时获得实习的机会。

　　在历经多次挫折之后，他再次拥有了属于自己的事业——一家以自己名字命名的证券公司，成为世人瞩目、人人景仰的百万富翁。

　　这是电影《当幸福来敲门》中的情节。片中有一幕，在街上，小克里斯给父亲讲了一个笑话：一个基督徒落水了，可他不会游泳，就在水中挣扎。这时来了一条小船，船上的人问他需不需要帮助，他说："不用了，上帝会救我的。"小船就走了。然后，又来了一条大船，船上的人又问他需不需要帮助，他依然说："不用了，上帝会救我的。"最后，他淹死了，上了天堂。他愤怒地责问上帝为什么不去救他，上帝骂道："你这笨蛋，我派了两条船去了啊。"

　　常常，我们不认识上帝，因为他扮成你自己或者就在你心里，而我们一无所知。克里斯·加德纳最后听到了幸福的叩门声。他成功了，源于他有一颗坚韧并幽默的心，那是上帝赋予的礼物，他一直当作行李背着。上帝常常不出面，因为上帝知道，你就是自己的救世主。

信心不是天赋的

文/罗 西

　　1952 年，他出生在圣彼得堡。他从小就个子小、发育迟缓，但又生性好动，所以经常会受到高个子的欺负。为了赢得别人的尊重，他不得不练习拳击，可是还是被人打得鼻青脸肿。就在他的自信心越来越弱的时候，父亲建议他去学日本柔道，并很快收到了成效。过去迷信于用拳头说话却又屡屡碰壁的他，终于开窍了：原来，"讲道理"一样可以赢得他人的敬佩，是东方柔道改变了他的性格，更让他重塑信心，当然也教会他永不服输和尊重对手与伙伴的精神。这个男孩后来成了俄罗斯的两任总统，他就是普京。

　　再说另外一位连任总统——美国人克林顿先生。少年时候的他也不英俊，尽管他萨克斯吹得不错，但是身材却有些臃肿，很不讨女孩欢心。他多么希望自己能像父亲那样风流倜傥，可是，就是身材不争气。为此，他苦恼、自卑、沮丧。为了增强他的自信心，一位身份特别的父亲的生前好友特意带他前往小石城参加了一个有州长在场的舞会。据悉，州长当时见少年克林顿一副闷闷不乐的样子，还以为他是因为害羞，于是鼓励他大胆地请姑娘跳舞。没想到克林顿非常坦率地说

出了自己的苦恼："我是个小胖子，姑娘见了我都讨厌。可是看到你之后，我才发现自己是如此骨感，但是她们照样喜欢你！"也就是因为这次际遇，克林顿明白了：州长的魅力没有因为胖而减分，魅力在于一种由内而外的自信。

英雄不问出身。而所谓领袖风度，也不是生来就有的。没有不尿床的孩子，英雄也不例外。信心是一点一滴积累的，而非天赋。信心的培养需要资本，而关键在于你会不会在人生之路上用心把握每一次机遇，并把它当作天赐的良机。是的，真正的机遇是给你心灵成长的空间，让信心的种子拥有肥沃的土壤。

小学生励志故事朗读本

抓住黎明前的一分钟

文/王熙章

他是一个瘸子，走路天生迟笨。而它，是一只黄羊，被草原的牧民称为"草上飞"。黄羊嗅觉灵敏，睡觉时也睁着眼睛。平时，黄羊在丘陵间吃草，一旦惊动它们，那弹跳起来就跑的姿势，有如疾驰的利箭，就算是狼狗也望尘莫及。

但是有一天，他却说要去抓获一只黄羊。村民都说他痴人说梦，但他却十分有把握地说："我有信心！"

他的屋后出现了一只黄羊的身影，一大片草坪吸引了黄羊到他的屋后觅食。村民都要看看这个瘸子怎么表演。

看着黄羊悠闲吃草的美丽身影，他没有行动。白天，他跟人下着象棋，对貌似一点儿也不设防的黄羊毫不理睬。夜晚，黄羊栖息在他的草坪上，他也没有半点动作。夜晚过去，黎明即将来临，他开始行动了。他悄悄地下床，悄悄地打开门，一步步向黄羊靠近。

在距黄羊十步远的地方，他停下了脚步，再没有动静。十分钟过去了，二十分钟过去了，他依然没有动静。这时，天色渐渐地泛白了。突然间，那只黄羊动弹了一下，站了起来。它看看四周，开始撒起尿来。说时迟，那时快，就在黄羊开

始撒尿的那一瞬，他开始一瘸一拐地向黄羊逼近。

三米，两米，一米……奇怪的是，瞅着这个渐渐靠近的人影，一向机敏多疑的黄羊竟然纹丝未动，任由他轻而易举地抓在怀中！所有的村民都不解。"这还不简单？"他笑笑说，"要想制胜，首先是要抓住对方的弱点。知道黄羊的弱点是什么吗？那就是'黎明一泡尿'。在撒尿的那一分钟，它会一动不动，天塌下来也不管。可是，只要这个机会一过，任由你行动如风，嘿嘿，对黄羊也只能望尘兴叹。"

学学这个聪明的瘸子，善于抓住黎明前的一分钟，就算有天大的困难，一样有克服的办法。

只有一次机会

文/刘东伟

　　鲍格丹诺夫出生不久，便被父母抛弃了。后来他被人收养，并有了鲍格丹诺夫这个名字，意思是"上帝赐予的"。

　　或许，上帝特别关照得不到父爱和母爱的鲍格丹诺夫：后来，他遇到了一位射击教练，教练发现鲍格丹诺夫坐在台阶上，目光久久地注视着一个方向，便认为他有射击方面的天赋，于是亲自培养他。但是很快，教练便失望了。当鲍格丹诺夫说出自己的身世后，教练才知道，鲍格丹诺夫不是精力专注，而是失魂落魄，用通俗的话来说，他是在发呆。

　　不过，教练不想放弃对鲍格丹诺夫的培养，他坚持每天让鲍格丹诺夫练三百发子弹，对他进行强化训练。谁知，并不见效果。训练场上的鲍格丹诺夫明显是在应付，他只是漫不经心地完成训练课程，根本就不珍惜那三百次机会。

　　后来的一天，教练把鲍格丹诺夫带到训练场上。这次，他并没有给鲍格丹诺夫三百发子弹，而只给了他一发。鲍格丹诺夫愣愣地看着教练。教练说："今天，你只有一次机会，如果射不中靶心，就不许你走出训练场。"鲍格丹诺夫默然半晌，将子弹推进枪膛。他端起枪，又放下，然后慢慢端起，又放下，

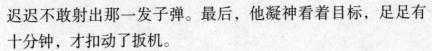

迟迟不敢射出那一发子弹。最后，他凝神看着目标，足足有十分钟，才扣动了扳机。

"砰"的一声，射中靶心。

教练欣慰地笑了。之后，他每天只给鲍格丹诺夫一次射击的机会，如果射不中靶心，就要不停地练下去。

1952年，在第15届奥运会上，鲍格丹诺夫获得了大口径步枪300米3×40项目的金牌，成为苏联第一个奥运会射击冠军。两年后，鲍格丹诺夫在世界射击锦标赛中，囊括了步枪3×40、自选步枪3×40、跪射、立射、卧射等多个项目的金牌。

一枚子弹，就是一次机会。当我们拥有大量的子弹时，我们往往会随意地射出它们，这样不但一次次的机会被白白浪费，我们本身的技艺也得不到增长。而当我们只剩下一次机会时，还有谁不去珍惜？

当吸管穿透土豆

文/苇 笛

　　给你一支吸管，一支普通的用来喝牛奶的吸管；再给你一只土豆，一只家常的拳头大的土豆。请问，你能用吸管穿透土豆吗？

　　不能！——大概你会这样说。那么，再给你一个辅助工具——杯子，情况又会怎么样呢？

　　就让我们亲自动手试一试吧。

　　先将土豆架在杯子上，接着用右手的四指抓紧吸管，再用拇指扣紧吸管的顶端，最后猛力向下扎去——吸管霍然穿透土豆，还带出一根纤细的土豆丝来。

　　这个试验的关键是，要用拇指扣紧吸管的顶端。这样一来，被隔绝了空气流动的吸管就会变得异常坚硬，足以穿透土豆。

　　而我之所以动手做这个试验，完全源于我的儿子。自从儿子成为一年级的小学生后，就迷上了《我们爱科学》这本杂志。每每看到杂志上介绍的试验，他不但自己动手去做，还要拉着我做他的"同盟军"。前不久，当他拿着土豆、吸管前来找我时，我一口回绝："做什么试验，吸管根本就不能穿透土豆。"但儿子却不依不饶："妈妈，你说得不对，杂志上说能

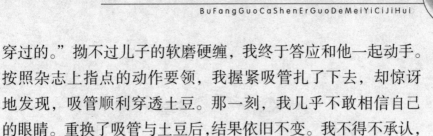

告诉自己：我能行

穿过的。"拗不过儿子的软磨硬缠，我终于答应和他一起动手。按照杂志上指点的动作要领，我握紧吸管扎了下去，却惊讶地发现，吸管顺利穿透土豆。那一刻，我几乎不敢相信自己的眼睛。重换了吸管与土豆后，结果依旧不变。我不得不承认，我的"想当然"多么可笑，一支纤细的吸管，真的有能力穿透一只粗壮的土豆。

这个小小的试验令我异常警醒。几十年来，有多少"不可能"只存在于我的头脑中而不存在于这个现实世界里？！而我，因为心中的"不可能"，又错过了多少次尝试的机会啊。

当吸管穿透土豆时，它也穿透了我心中所有的成见。

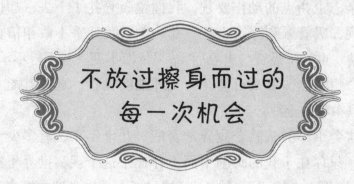

不放过擦身而过的每一次机会

文/雪小禅

一次去开笔会，遇到一个我心仪很久的作者。我说你写得真是太好了，每次看你的文章，我都会感动良久。

他说知道吗，如果不是写字，也许我就是一个小木匠，或者进了监狱也不好说。

我很吃惊，为什么？

十五年前，我是一个十四岁的少年，顽劣而调皮。不只是调皮，我还偷东西，同学们有什么值钱的、好玩的、好吃的东西，全会让我偷了来。我名声极坏，在社会上有一帮小哥们儿，一起打架，非常不可救药。我父母对我无可奈何。我父亲就是一个小木匠，在村子里名气很大，因为我偷东西，他快打折我的腿了，但我却怎么也改不了这个毛病，看到好东西手就痒痒。父亲说我中学毕业后就跟他去做木活儿算了，学，是不能再上了。

到初二的时候，我们换了班主任，是刚毕业的一个女大学生，很漂亮，梳着短发，脸上有几粒很生动的雀斑，总爱穿一条红裙子,班里的男生都很喜欢她。我一直以为她很讨厌我，所以，并没有因为她的到来而有所改变。

一次，我又偷了前桌女生的一个转笔刀，那是她爸爸从上海给她买回来的，十分漂亮，是我们小城没有的。女生指桑骂槐地骂着：谁偷了我的转笔刀就会把手烂掉。我无所谓地看着窗外，那些话对我不起任何作用。但老师过来了，她看着我，静静地看了几秒钟，然后对我前桌的女孩子说：不能说他偷吧？也许他就是拿去用用，明天就还回来了呢？

我的眼泪差点掉下来。从前的老师总是把我叫到办公室逼问我，然后指着我的鼻子骂道：早晚有一天你要进监狱的。

但她却这样委婉地解释着，我的心软起来了，第二天早早地去了，把转笔刀放回了前桌女生的铅笔盒里。

那件事情成了我人生的一个转折点，我再也不偷了，因为她说她相信好孩子变好了就不想再变坏了。

她教我们语文，我开始喜欢她，上她的课我全神贯注。有一次作文课，她让我们写秋天。我刚好看完杂志上一篇写秋天的文章，就几乎一个字没有动抄了给她。

没想到她拿到班里当了范文，她说，希望我继续努力，因为她说我是很有希望的。

那一刻，我心里热热的。十四年来，没有人认同过我，她是第一个，而我却欺骗了她。

但我无比地认真起来，作文成绩一天好似一天。十六岁的时候，我的文章登在《少年文艺》上。我把那本杂志第一个就给她送去，她笑了，然后鼓励我：好孩子，终有一天，你会成为一个作家的。

多年以后，我真的成了一个作家，爱上了文学和写作。是从她的一次鼓励开始，我开始了自己的努力。原来，很多事情，我也可以做得到。

偶尔的一次，我去看她，却无意间发现她也有那本我抄过文章的杂志。原来，老师一直都知道我是抄的，但她不愿意放弃对我的鼓励，她深深地知道，对一个孩子的鼓励要比对他的批评效果好上一千倍。

听完这个故事，我很感动，那个美丽的中学女教师，用她善良而宽容的心把一个浪子唤了回来。这个作家告诉我，是老师给了他机会，而他自己没有放过这次也许会擦肩而过的机会。

人生是有很多机会的，只要抓得住，也许那个成功的人就是你。

雕刻美丽

文/崔修建

毫无疑问，他父母的大半生过得都实在是太平庸了，尤其是身无一技之长的父亲下岗后，索性什么活儿也不想干了，只靠着那有限的一点儿失业救助金聊以度日。不仅如此，父母对他的未来也从未抱有多大的希望，似乎他的一生也注定要像父辈一样没多大出息了。甚至在他高考落榜时，父亲竟能无动于衷地照旧喝着劣质的烧酒，那一脸的淡漠让他感到苦涩难言的陌生。

他心存不甘地去了很多城市闯荡，遭遇了许多的冷落，吃了许多苦，受了许多罪，依然是一个前景黯淡的打工仔。很多个夜晚，站在灯火阑珊的街头，他的心隐隐地作痛——难道我真的要像父亲那样碌碌无为地度过一生吗？

揣着梦想，他又去拼，去闯，去奋斗了。但接二连三的失败和挫折，沉重地打击了他的激情和信心，似乎一切真的应验了父亲所说的——一切命中都已注定，再怎么努力，他也不会有多大出息了。

那天，想去一家职业技术学院学一门技术的他，又被那高昂的学费挡在了门外。失望在一点点地啃噬着他的心灵，

沮丧像阴云一样笼罩在他的头顶。低垂着头走过那栋教学楼时，他忍不住朝一间教室里面瞥了一眼，只见一位白发苍苍的老师，一手托着半个红心萝卜，一手旋动一把普通的小刀，转瞬间便变出一朵美丽的红花。他正看得出神，老教师的一句话仿佛石破天惊般地击中了他的心扉——"同学们，请仔细看好了，只需要这样一把普通的小刀，即使是最普通的萝卜、土豆，只要用心去雕琢，也会雕出美丽和神奇。"

是啊，道理就这么简单——有些成功并非想象的那样艰难，慧心的人只需一把普通的小刀，就可以雕出令人惊讶不已的神奇。受了激励的他欣喜地买来两本关于烹饪雕刻的书，买了一把小刀和一大堆萝卜，把自己关进租住的小屋里，不分白天黑夜地练起了雕刻。手被划出几个口子，简单包扎一下继续练。看着床头那一件件有点儿模样的作品，他仿佛得了宝贝似的笑了。

后来，那位曾让他茅塞顿开的雕刻老师感动于他的好学，去找校长说情，破例允许他去旁听雕刻课。他自然非常珍惜这一难得的机遇，勤学苦练，雕刻技艺进步显著。老师又介绍他拜访了多位烹饪雕刻大师，从他们那里又得到了很多指点和帮助。

三年后，在全国烹饪大赛中，他一举夺得了雕刻项目的金牌，并被上海市著名的西岳大酒店聘为首席雕刻师，月薪一万元。他的名字叫邓海岳，来自黑龙江省的一个边陲小镇——密山。如今，在国际大赛中多次获得大奖的他，已是烹饪界著名的雕刻大师，目前已在香港拥有了自己的海岳大饭店。

在中央电视台的一次访谈节目中，邓海岳向亿万观众自豪地展示着自己布满伤疤的手。他手上举着一把普通的小刀，

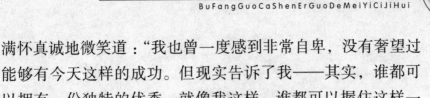
满怀真诚地微笑道："我也曾一度感到非常自卑，没有奢望过能够有今天这样的成功。但现实告诉了我——其实，谁都可以拥有一份独特的优秀，就像我这样，谁都可以握住这样一把神奇的小刀。握住梦想、激情与执著，谁都可以把自己的生命雕刻得绚丽如花。"

邓海岳说得没错。许多时候，成功并不需要拥有一定的背景和充足的资本，只需燃烧起心头的梦想，只需握住手中追求不止的刻刀，自信而执著地雕琢下去，就可以雕出一片美丽，雕出一片神奇，雕出精彩无比的人生。

小学生励志故事朗读本

时间也有保质期

文/罗 西

　　把一只刚出生的猫放在四面墙壁画有横线的环境中喂养，两个礼拜后，当这只猫进入一般的环境时，视力会出现障碍：不认识竖线，只认识水平方向的横线。也就是说，当猫生下来后，如果只看横线，不看竖线，猫就不具备看竖线的能力。据说，当猫生下来后，用布蒙住它的一只眼睛，那么当此猫长大后，再把布取下来时，该猫这只眼睛的视力就一直没有发育，但是猫的身体并没有发生什么异常。猫本来就具备看的功能，只不过是在猫眼能力的发育时期，没给它适当的环境而已，所以猫眼没有发挥出它应有的能力。

　　最先对世人公布存在"临界期"的是诺贝尔奖获得者昆拉多·劳伦兹博士，她发现鸟类有"铭记"的现象：一只经过人工孵化的鸟出世后，会把最先看到的物体当作自己的母亲和保护者，然后平静地跟着她走。其实这就是人们通常所说的"临界期"。无论做什么事情，一旦错过了一定的最佳时期，就很难再培养自己在某方面的能力——它是有时间制约的。

　　我们经常只是听老人或哲人说，光阴似箭；或者凭朴素的自我感觉感叹，岁月真是不饶人。但是，很少有人知道时

间之所以宝贵，是因为它也有特定的"有效期限"，过了这个保质期，它就贬值，就可能没有用。不同的生命有不同的品质，时间也是！

　　不要浪费青春好年华。等夕阳西下的时候，再苦苦挽留与挣扎，也许可以拉长一些影子。但是，它只有物理概念了，而不再有生命的力度与厚度了。

告诉自己：我能行

第 二 辑

生命的天空没有禁飞区

ShengMingDeTianKongMeiYouJinFeiQu

给梦想花开的时间

文/薛 峰

他自幼就喜欢读书，各种故事、童话、小说等书籍，他在小学还未毕业时就已经看过许多了。这大大激发了他的想象力，他也渴望能有一本自己的书。于是，从十几岁开始，他动笔写一部科幻小说，讲述主人公穿越时空的故事。

创作的过程是艰辛的。他在服兵役期间也不忘带纸和笔，一有机会就躲在角落里构思自己的异域故事。那时他期待着将来某一天，有众多的人读着自己的小说，跟随自己的思维而波动，他觉得那样的情景真是太神奇和令人自豪了。

经过十余年的努力，他终于完成了这部与众不同的小说。但是没有出版社愿意出这本书，他们认为故事太虚幻了，不可思议。看着辛苦整理的手稿一次又一次被退回，他的心情十分灰暗，情绪低落到了极点。因为这本小说凝结了他太多的梦想和心血，可以说是他青春的见证，可它却不被人接受。

幸好，他还有一位目光远大的母亲，她坚信自己儿子的书是了不起的，坚信儿子的非凡才华。就在儿子已经丧失信心和希望之后，她把小说稿件寄给一家又一家出版社，一直坚持了八年。一次偶然的机会，她听说有一所大学成立了一家私人出版社,便决定试试。没想到该出版社竟然同意出版了。虽然第一版只印了不到 1000 册,但她还是极为高兴和欣慰。

令人意想不到的是,这本小说一经问世,立刻引起强烈轰动,被抢购一空。出版社在短时间内连续加印了数次。在那一年,该书跻身多个图书畅销榜,被权威媒体评为年度最佳读物。

他叫约翰·肯尼迪·图尔,他的小说是《笨伯联盟》。至今,这本书已经被翻译成 18 种语言,发行量超过 1500 万册,并且于 1981 年获得国际小说界最权威的奖项之一——普利策最佳小说奖。

但是遗憾的是,约翰·肯尼迪·图尔永远也看不到如今的辉煌了,永远也不知道他的小说给读者带来的疯狂效应。因为早在 1969 年,他因承受不住一家又一家出版社的拒绝,觉得自己是一个没有才华的失败者,在压抑中结束了自己年仅 32 岁的生命。

有一种名为腊兰的花,属于稀少奇花,一棵至少价值万余元。可它在开花前就像一株平凡的草,根本没有花的形状。只有当你经过耐心的等待,不去盲目地拔掉它,给它足够的时间后,它才能开出幽香馥郁的花朵。

约翰·肯尼迪·图尔本是一朵罕见的"腊兰",只是遗憾地没有坚持到花开的时刻。他错过了美丽绽放的精彩,丢掉了生命璀璨的瞬间。

请多给自己一些信心吧,给一朵花盛开的时间,让梦想成真,让人生芬芳!

希望的石头

文/陈 敏

16岁的少年，都有自己的梦想，小到拥有一双名牌球鞋，大到能成为"中国的比尔·盖茨"。几乎每一颗心灵，都有自己飞翔的方向。

他那时高中毕业，身在农村，脸朝黄土背朝天，像每一个传统农民那样耕种，回家还得继续挽着袖子喂猪——可是他也有梦想。每天繁重的劳动结束后，他就雷打不动地坐到油灯下，看书，做笔记，孤注一掷地坚持着，相信天道酬勤。

两年后，他慎重地开始下一步行动——报名参加高考。他填的志愿是中国最好的大学之一：北京大学。尽管握笔的手有些颤抖，可他相信自己能行。

他的努力，没能敌过现实的残酷。

当时北京大学在外省的招生名额特别少，何况他又身处闭塞的乡村，没有经过专业的训练。他落榜了。绝望就像走不出的大山，矗立在他面前。他哭过，叫嚷过，终于还是翻开了老课本，重新拿起笔，重新坐到那个位置，开始新一轮的赛跑。

再次落榜，再来。勇士的前进总会受到懦夫的嘲笑，然而懦夫的眼光无法预知勇士的未来。连考三年，他终于圆了大学梦，走进了北大。

他凭借优异的成绩，继续攻读研究生，毕业后留校任教英语。北大英语教师，多少人羡慕的职位！他的奋斗即使告一段落，也算无愧青春。

可是，他很快开始人生第二次艰难的跋涉，只为最初的梦想。在北京图书馆演讲时，他对千万学子表达自己的愿望，言之凿凿："我是一个年轻人，我要有自己的事业，我要去办自己的学校！"

他辞去了北大教师的职位，将理想付诸行动。

他费尽心力疏通各种关系，为办校手续来回奔波，拿出几乎全部的积蓄购置设备，并且亲力亲为地作宣传。学校刚成立时，他拎着糨糊在零下十几度的气温中去贴广告。把糨糊刷在柱子上，广告还没贴上去，糨糊就变成冰了……办校的过程异常艰难，然而他咬咬牙坚持下来。终于，他在一个四面漏风的教室里迎来了第一批学员，虽然只有寥寥13个人，而且当时那个教室还经常停电，可是他毫不气馁。

他去买来蜡烛，每人分两根。烛光摇曳中，他笑着说："这样的困难我们根本不怕。只要我们勇敢面对，以后还有什么事情能让我们绝望吗？"

这个最初只有10平方米，设在漏风的违章建筑里的办公室，最终发展成拥有几万平方米教室和办公楼的著名民办学校。如今，"新东方"这个名字已经深入人心、远近皆知，被誉为"出国培训的黄埔军校"；新东方创始人俞敏洪的个人资产也已过亿，他以过人的意志力将自己16岁的梦想演绎为现实。

这所学校的校训是："从绝望中寻找希望，人生终将辉煌"；与之相辅，俞校长最喜欢的一句英语民谚是："我将在绝望之

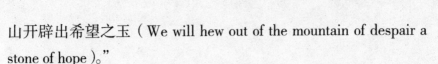

山开辟出希望之玉（We will hew out of the mountain of despair a stone of hope）。"

　　只要你有一颗石头般坚强的心，只要你有石头般牢不可摧的希望，就能从绝望的大山上找出一块希望的石头。即使只是一小块，它也能成为寒空中的星星、黑夜里的火把，照亮你的信心，同时照亮你可能幸福宽广的未来。

放飞一只蝴蝶

文/陈 敏

布彼是法国杂志《她》的主编，才华横溢，为人豁达，文章幽默而见解深刻。

不幸来得猝不及防。

1995年，年仅43岁的他突发脑溢血而昏迷不醒。几星期后，他逃脱了死神的魔掌，但身体各部位已全面瘫痪，不仅丧失了行走、说话的基本能力，甚至要借助器械才能呼吸。他与外界的沟通，就依靠那只唯一能活动的左眼。深绿色的眼睛睁大、眯起，传达着生命的情感和信息。

布彼与女医生达成共识，女医生把字母表一千次、一万次地高声朗读，并观察其左眼的反应。他的眼睛眨一次代表"是"，眨两次即"不是"。她记录下他所选择的字母，把字母连成词，把词连成句。

"手在黄色的床单上抽搐，我难受至极，如置身火海，又如独处冰窖……一旦'潜水铜人压力减轻'，思想即从痛苦的束缚中解脱，如蝴蝶般自由飞翔，可以去火地岛或者米达斯王的皇宫，可以去西班牙建座古堡，或去取来传说中的金羊毛，去实现一切梦想。"

这是他书中的一段话，表达了他的愿望。虽然身体被禁锢，但灵魂仍然自由。

　　千万次的朗读，千万次的眨眼，书就这样一页一页写出来，装订成册，印刷出版。这部名为《潜水铜人和蝴蝶》的不凡之作，带给世人极大的震撼与感动。

　　厄运将布彼抛下无底深渊，然而他凭借坚强的意志再次浮出水面。承受着前所未有的痛苦，他仍保持对生活的热爱。被剥夺得近乎一无所有，他却眨动左眼，让睫毛扇动梦想蝴蝶的翅膀。

　　有时候，我们以为命运已经山穷水尽，请记得布彼和他的书，放飞一只逃出深海的蝴蝶。

生命的天空
没有禁飞区

文/李丹崖

　　我认识一位朋友，他是一个对文学十分痴迷的青年。可惜的是，上高中的时候，因为数学成绩极差，他在高考的战场上打了败仗。由于家庭拮据，他注定与复读无缘。无奈之下，他只得在自家附近的街面上开了家书报亭，主要经营国内知名的期刊。

　　高考的失利并没有摔碎他的心。由于他的书报亭设在市中心，经常有许多白领和知识分子光顾，他的生意十分火爆。但是，每当有人问起他一天的收入时，他总是有些不耐烦。他说，收入是次要的，关键是每天通过他所销售的报纸和杂志，他能从中学到多少知识，他又能用自己学到的这些知识干些什么事情。

　　我的朋友是个有心人。有一次，他指着书报亭附近的传媒大厦告诉我，他现在销售的书报上的文字是出自那座传媒大厦里的作家和记者们的手笔，可总有一天，在这个小小的书报亭里，也能制造出许多令人艳羡的思想火花。

　　他说这话并不是吹牛。平日的积累，加上天赋聪明，我的朋友果真开始写起文章来。渐渐的，还真有几家报纸开始

发表他的稿子。许多朋友听到这个消息都来道贺，他却一副波澜不惊的样子：这有什么，总有一天，我也能成为那座传媒大厦里的正式一员！

听他这么一说，几个要好的哥们儿都禁不住笑他：你开什么玩笑？传媒大厦里供奉的主儿，都是研究生毕业，你一个高中生还……还是醒醒吧！

什么醒醒？我一直没有睡着，你们等着瞧吧！朋友掷地有声地反驳。

说这话的时候是6年前的9月。6年后的今天，我的这个朋友已经是那座传媒大厦里举足轻重的一员了——主编！两年前，他所写的文章被那座传媒大厦里的总编看中，新的报业集团成立在即，通过多方考核，我的朋友如愿以偿地实现了人生的飞跃。

从卑微到伟大究竟要跑多远？每当有人提及此事，朋友总会动情地说，只有一步，这一步包含寂寞的等候、费力的起跑、质的飞跃！

从一个落榜生到一个书报亭的老板，再到某市报刊知名主编，我的朋友以铁一般的事实向人们验证了这样一个道理：生命的天空永远没有"禁飞区"，关键是看你肯不肯练就一双有力的翅膀，有没有一飞冲天的准备，敢不敢在梦想的天空里翱翔！

梦想如鸡蛋

文/蒋光宇

　　安东尼·吉娜是美国纽约百老汇极负盛名的演员。不久前，她在美国电视台著名的脱口秀节目《快乐说》中，讲述了自己成功路上最难忘的一段经历。

　　在大学读书时，吉娜是学校艺术团的歌剧演员，参加了一次校际演讲比赛。她演讲的题目是《璀璨的梦想》。她在演讲中说："大学毕业以后，先去欧洲旅游一年，增加自己的阅历，然后到纽约百老汇发展，实现自己成为一名优秀演员的梦想……"她声情并茂的演讲、卓尔不凡的风度，赢得了所有师生的多次喝彩，并一举夺魁。

　　当天下午，吉娜的心理学老师找到她，对她说："你是一个很有才华、很有发展潜力的学生。"紧接着就提了一个尖锐的问题："你现在就去百老汇，跟毕业一年以后去究竟有什么差别？"

　　吉娜仔细一想："是呀，大学生活并不能帮我争取到在百老汇的工作机会。应该先去试一试，即使失败了，我还可以返回学校继续学习。"于是，吉娜决定，一年之后就去百老汇闯荡，而不是等到毕业一年以后再去。

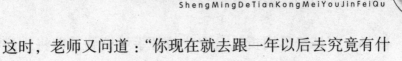

这时，老师又问道："你现在就去跟一年以后去究竟有什么不同？"

吉娜思考了一会儿，对老师说："那下学期就出发。"

老师紧追不舍地问："你现在就去跟下学期去究竟有什么不一样？"

吉娜简直有些眩晕了。想想百老汇金碧辉煌的舞台，想想在睡梦中萦绕不绝的红舞鞋……她终于决定下个月就前往百老汇。

老师乘胜追击地问："你现在就去跟一个月以后去究竟有什么两样？"

吉娜激动不已，情不自禁地说："好，给我一个星期的时间准备一下，我很快就出发。"

老师步步紧逼："所有的生活用品在百老汇都能买到，你现在就去跟一个星期以后去究竟有什么区别？"

吉娜终于热泪盈眶地说："好，我明天就去。"

老师赞许地点点头，说："好！我已经帮你订好了明天的机票。有个朋友告诉我，百老汇正在招聘演员，你不要错过这次机会。"同时，老师还送给她一个精美的笔记本，并在扉页上写下了一段赠言。

第二天，吉娜就飞赴全世界最著名的艺术殿堂——美国百老汇。正如老师告诉她的那样，百老汇的一个制片人正在酝酿一部经典剧目，几百名各国艺术家踊跃应聘主角。按当时的应聘规矩，先挑出十名左右的候选人，然后让他们每人按剧本的要求表演一段主角的念白。这就意味着，只有经过两轮艰苦角逐之后的优胜者，才能从几百名各国艺术家中脱颖而出。

吉娜到了纽约后，没有急于去漂染头发，也没有去购买靓衫，而是费尽周折从一个化妆师手里搞到了即将排演的剧本。然后，她闭门苦读，悄悄演练。

正式面试那天，吉娜是第 48 个出场。当制片人要她说说自己的表演经历时，她粲然一笑，说："我可以给您表演一段原来在学校排演过的剧目吗？就一分钟。"制片人首肯了，大概是不愿让这个热爱艺术的青年失望。

当制片人发现吉娜是在表演剧本中女主角的念白时，不禁惊呆了。她的表演是那样的投入与真挚，是那样的惟妙惟肖。制片人当机立断，一锤定音：结束面试，主角非吉娜莫属。就这样，她穿上了人生的第一双红舞鞋。

电视台的节目主持人在结束《快乐说》之前，向观众展示了吉娜珍藏多年的笔记本，就是心理学老师在她到百老汇之前送给她的那个精美笔记本，并朗读了老师在扉页上写下的赠言：

在出发之前，梦想永远只是梦想。只有上了路，梦想才会变成挑战。也只有经过挑战，梦想才会实现。如果说梦想是可贵的，那么不失时机地挑战梦想就更可贵。梦想如鸡蛋，如果不及时孵化，就会腐败变臭。

寻找自己的十棵树

文/孙君飞

有一位德国诗人，他在我的心目中就像一座完美的高山，只要有他在，我就可以看到满目的春光。他的诗作充满灵性，但他的成名之路却布满荆棘。在成功之前的很长一段时间里，没有一家报纸杂志愿意发表他的诗作，也很少有读者欣赏他的才情，更没有人认为他"是一个被诗神缪斯亲吻过的诗人"。

漫漫长夜似乎很难挨过，但是他的"诗心"始终不死。他有了一个奇妙的想法：将自己的得意之作张贴到公园的树干上、地铁的柱子上，以及路人经过的墙壁上。这种行为就像我们现在的"博客"写作，但是这毕竟是未经允许的四处"涂鸦"，在警察看来，影响到了市容的整洁，于是他不得不接受一次又一次的罚款。

但他没有绝望。一扇门紧紧地关上了，他就开始致力于开启另一扇门，他不断地向市政府申请"版位"来张贴自己的诗作。精诚所至，金石为开。开明的政府居然同意他拥有自己的十棵树，用来"发表"他苦心创作的诗歌。

这十棵树俨然是他的专栏、他的"博客"，他日复一日地将自己的诗作张贴到树干上，等待欣赏他的读者、编辑和出

版商前来阅读、洽谈。可以想象，这种罕见而浪漫的举动打动了不少读者的心，那些忠实的读者甚至执著地前来抄录他的诗歌，潜心诵读，广为传播。当然，同时也有嘲笑讽刺的声音传来，但他毫不理会，依然在他的"地盘"上勤奋创作。那原本不会开花的十棵树，现在因为一位诗人的到来而"诗花"盛放，芬芳四溢。

后来，他声名鹊起，他的诗歌一首接一首地发表在报纸杂志上，并且出版了许多本诗歌专集，受到越来越多的国内外读者的喜爱，而那十棵树也因此流芳千古，这个诗人也成为世上唯一一位拥有十棵"诗歌树"的富翁。

并不是每一颗珍珠都能够被装饰到王冠之顶，并不是每一个才华横溢的人都能够被人赏识。并不是每一行足印都能够被历史铭记，并不是每一位前行者都能够获得长久跋涉的动力。

但是珍珠永远不要怀疑自己是一颗赝品，双脚永远不要误认自己动辄就踏进了歧途。你只要是一个富有才华的人，一个为了理想信念跋山涉水的人，就不该轻易被沉重击败，不该被漫长的等待磨垮，更不该被无谓的质疑阻碍，而应该像这位诗人一样，坚持不懈地寻找自己的十棵树。也许等你回头时，满树的芳香果实就在等着你去采摘。

你从不卑微

文/郭 龙

美国丹佛的华盛顿公园里有一个绿树成荫的社区，著名的演讲大师桑布恩是最近搬来的一个新住户。他刚搬入新居没有几天，就有一个陌生的人前来造访。"早上好，桑布恩先生。我的名字叫弗雷德，是这里的邮差。我过来是看看您，并向您表示欢迎，顺便介绍一下我自己。同时，我也希望对您有所了解，以便能为您更好地服务！"

这名叫弗雷德的邮差在自我介绍后与桑布恩先生攀谈了起来，弗雷德的真诚与热情溢于言表。在了解桑布恩因工作需要长期出门并有大量信件到来时，弗雷德告诉他，他希望得到一份桑布恩旅行的日程表，以便他不在家的时候替他暂时保管大量到来的信件，否则窃贼有可能从堆满的信件里知道房东不在家。弗雷德接着说："只要邮箱能塞进去，那我就把信放在里面，别人就看不出你是否在家。而塞不进你邮箱时，我将它搁在房门与屋栅门之内，使它从外面很难看见。如果那里也放满了，我就把其他的信都留着，等您回来时再交给您！"桑布恩内心充满了暖意，也感到吃惊。老实说，他收了无数次的邮件，还没有见过弗雷德这样的邮递员。

更让桑布恩吃惊的事还在后面。两周后，桑布恩出差归来，发现自己门口的擦鞋垫子不见了。他转身一看，发现它已被挪到门外的一个角落里，下面还叠着一个东西。他凑过去一看，发现是一件包裹，并附有弗雷德写的留言条。留言条上解释，美国一家公司将桑布恩的一个包裹误递到了另一个社区，弗雷德将它取了回来，为了避人耳目，就用擦鞋垫子将它遮了起来。

这件事使桑布恩异常震动。作为一个对服务业有着深刻了解的演说家，桑布恩常常发现的是服务业存在的问题，而弗雷德则是一个罕见而惊人的反例。桑布恩以"你从不卑微"为题，用弗雷德的例子到处演讲，尤其是在一些服务行业，取得了极好的效果。

十几年来，桑布恩一直享受着弗雷德这种优质的服务。出于感激，桑布恩在邮箱里给弗雷德递了一份小小的圣诞礼物。第二天，桑布恩就收到了弗雷德的回信，回信的内容大致如下：亲爱的桑布恩先生，感谢您的圣诞礼物。知道您在一些演讲场合经常提到我，这让我受宠若惊，我希望自己一直能提供令您满意的服务。

十几年下来，桑布恩将弗雷德的故事在所有适合的场合下演讲，他的题为"你从不卑微"的演讲引起了成千上万的美国人的关注。许多公司还创设了"弗雷德奖"，来奖励那些为公司作出贡献的小人物。

人们所关注的当然不是弗雷德所做的这些微不足道的小事，而是弗雷德工作的态度。确实，弗雷德这样的工作态度应该成为所有时代敬业者的象征。一个普通的邮差，如果他像米开朗琪罗作画，像贝多芬谱曲，像莎士比亚写稿那样来投递邮件，那么他的工作就应该受到人们的赞美，因为他是伟大的邮差，他的工作无与伦比。

永远不会太迟

文/庞启帆

新学期的第一天，教授做了自我介绍之后，让我们这帮新同学互相认识。这时，一只柔软的手搭在我的肩上。我回过头，看见一个满脸皱纹的老太太正友好地向我微笑。她说："你好，帅哥。我叫露丝，今年87岁。我可以拥抱你一下吗？"我不禁笑了："当然可以。"她马上给我一个热情的拥抱。

"您都这个年龄了，为什么还来上大学？"我对她来上大学充满好奇。

"我一直都渴望上大学，今天这个愿望终于实现了。"她告诉我。

课后，我们一起去了学校的餐厅，一起分享了一杯巧克力奶。我们很快就成了朋友。我们一起上下课，几乎到了无话不谈的地步。

一个学期快结束时，露丝成了同学们的偶像。无论到哪里，她都很容易交上朋友。她喜欢打扮，也喜欢倾听同学们的烦恼与欢乐。她对学习、对人的热情让每一个人都为之赞叹。

在新年到来之际，我们邀请露丝为我们发表演讲。我永远也忘不了她那天说的话：我们不停止追求，所以我们永远

年轻。如果你 19 岁，在床上躺了一年，一件有意义的事也没做，你将老去 1 岁。如果我 87 岁，但我每天都在孜孜不倦地学习，为理想的实现而不断付出努力，到 88 岁时，我觉得我成长了 1 岁，我依然年轻。每个人都会变老，但对待人生的态度不同，"老"的意义就不同。

在为理想而奋斗的过程中老去是没有遗憾的。只有那些没有追求，轻易放弃自己的理想，或者在困难面前轻易退缩的人，当他们老去的时候，才会发觉人生有那么多遗憾。

她用《玫瑰》这首歌结束她的演讲，她让我们每一个人懂得了：要热爱学习，热爱身边的人与每天的生活。

几年后，露丝修完了所有的课程。在毕业一周后，她在睡眠中安详去世。两千多人参加了她的葬礼。大家永远也不会忘记这个使他们懂得只要有信心和毅力，实现理想就永远不会太迟的老人。

承受极限

文/林 夕

　　一位年轻人，毕业后被分配到一个海上油田钻井队。油田由中方与日方合资开采，主管是一位日本人。在海上工作的第一天，领班要求他在限定的时间内登上几十米高的钻井架，把一个包装好的漂亮盒子送到最顶层的主管手里。他抱着盒子，一路小跑，快步登上那高高的狭窄的舷梯。他气喘吁吁、满头大汗地登上顶层，把盒子交给主管。主管只在上面签上自己的名字，便让他再送回去。他又快步跑下舷梯，把盒子交给领班。领班也同样在上面签上自己的名字，让他再送给主管。他看了看领班，稍犹豫了一下，又转身登上舷梯。当他第二次登上顶层，把盒子交给主管时，已经浑身是汗，两腿发颤。主管和上次一样，在盒子上签上他的名字，让他把盒子再送回去。他擦擦脸上的汗水，转身走向舷梯，把盒子送下来。领班签完字，让他再送上去。他有些愤怒了。他看看领班平静的脸，尽力忍着不发作。他擦了擦满脸的汗水，抬头看了看自己刚刚走下的舷梯，抱起盒子，艰难地一个台阶一个台阶地往上爬。当他上到最顶层时，浑身上下都湿透了，汗水顺着脸颊往下淌。他第三次把盒子递给主管，主管看着他，

告诉自己：我能行
GaoSuZiJiWoNengXing

傲慢地说：把盒子打开。

　　他撕开外面的包装纸，打开盒子，里面是两个玻璃罐，一罐咖啡，一罐咖啡伴侣。他愤怒地抬起头，双眼喷着怒火，射向主管。

　　这位傲慢的主管又对他说："把咖啡冲上。"

　　这位年轻人再也忍不住了，啪的一下，把盒子扔在地上："我不干了！"说完，他看看倒在地上的盒子，感到心里痛快了许多，刚才的愤怒释放了出来。

　　这时，那位傲慢的主管站起身来，直视他说："你可以走了。不过，看在你上来三次的份上，我可以告诉你，刚才让你做的这些，叫作承受极限训练。因为我们在海上作业，随时会遇到危险，就要求队员一定要有极强的承受力。承受各种危险的考验，才能成功地完成海上作业任务。可惜，前面三次你都通过了，只差最后一点点，你没有喝到你冲的甜咖啡。现在，你可以走了。"

　　承受是痛苦的，它压抑了人性本能的快乐。但是，成功往往在你承受了常人承受不了的痛苦之后才会来到你的身边。可惜，许多时候，我们离成功只差一点点。

四十九岁的芭蕾舞

文/雪小禅

那天看李咏的《非常6+1》，看到了一个49岁的女人，年轻时喜欢跳芭蕾舞，但由于"文化大革命"被耽误了，于是只留下一个梦。

她来到了《非常6+1》，为圆自己年轻时的梦。

一双美丽的红舞鞋，一天八个小时的大运动量训练，她没嚷过苦。为了年轻时的梦，49岁的她，宛如一个少女一般努力着。

真不能想象，49岁的女人还来跳什么芭蕾舞？

明显的，她脸上有很深的皱纹，儿子已经22岁了。为了让妈妈跳得更好，儿子为她买了一双红舞鞋。

我很感动，虽然她跳的那段李铁梅很普通，但这个年纪有这样的梦想多么难得。我周围如她一样岁数的女人，都在做什么？工作，上班，忙碌于生活，为孩子奔波，为老为小操心，为一些鸡毛蒜皮的事情鸡吵鹅斗……

即使没有到那个年龄，我们的心态有多老啊！

30岁的女友阿丽，抱怨着青春已逝，最热衷的事情是去美容院，试图让那些化妆品留住自己的青春。我约她一起去江南小镇旅行，她说，又累又费钱，算了。想让她去北京看法国艺术展，她说，没那个激情了。

28 岁的一个男同学，在看到公司里大批涌入的博士生后，他不是积极进取，而是说自己真的老了，这不是他的天下了。他的英语刚刚过了四级，已经不能适应工作需要了，可他不学，他说，28 岁还学什么？太老了！

想起美国老太太摩西，80 岁才开始学画，终于成了画家；想起身边 50 岁的一个伯伯，突然迷上二胡，两年之后，居然可以演奏《江河水》。

如果有梦想，什么都不会太晚。

如果喜欢，就努力去试一试。

我喜欢那些有勇气实现自己梦想的人，欣赏 49 岁还跳芭蕾舞的人，因为在他们心中，一直有梦。

有梦想，就会有美好的憧憬。一个 20 岁的女孩子，正在生命的花季，全身却只有一个指头能动。她用这个指头创造了奇迹，写了二十几万字的小说，放在网上，好像一棵开花的树，让更多的人闻得到她的芬芳。

美丽的事情从来不怕重复，梦想从来不怕付出。所以，我告诉自己的朋友，当你想做什么，去努力好了，不要怕失败，不要怕别人笑话，去努力的过程就很美丽，那美丽里，有别样的芬芳。

第 三 辑

总有一种
声音让你绽放光彩

ZongYouYiZhongShengYinRangNi
ZhanFangGuangCai

你一定行的

文/刘述涛

何塞·巴雷亚刚刚出生，医生就对他的父亲说："情况很不妙。你的孩子在出生的过程中，吸入了大量的羊水，致使肺部严重感染，而且已经出现衰竭的迹象。"

巴雷亚的父亲从护士手里接过幼小的巴雷亚，在他的耳边说了一句："好小子，你一定能行的。"就这一句话，让刚刚出生的巴雷亚睁开了双眼，两只小手紧紧地握在一起。护士抱走巴雷亚的时候，巴雷亚的父亲流下了眼泪，他真的不知道这个刚刚出生的儿子能否从死神手里挣扎出来。

一天，两天……十天过去了，巴雷亚还躺在重症病房。巴雷亚的父亲以为再也没有希望了，医生却对他说："这小家伙的生命力实在是顽强，他一直都以昂扬的斗志在和死神抗争……"听完医生的话，巴雷亚的父亲心情轻松了许多，他忽然间相信巴雷亚一定没有事，一定能够健康地成长。

正是由于有过这样从死神手里逃脱的经历，巴雷亚的父亲对于巴雷亚想做的任何事情，都抱着宽容的态度。有一天，巴雷亚忽然对父亲说，他要打篮球，要成为像迈克尔·乔丹那样的巨星。巴雷亚的父亲犹豫了，他很清楚巴雷亚的身体和体重，这样的身体条件是无法在篮球场上腾飞起来的。但巴雷亚的父亲还是决定帮助儿子实现他的理想——让17岁的巴雷亚到迈阿密基督学院去学习，并且参加学校举办的篮球联赛。

在迈阿密，巴雷亚住在教练的家里。在教练的言传身教下，巴雷亚的篮球技术突飞猛进。巴雷亚带着自己的球队打出38胜2负的成绩，创下了佛罗里达州新的纪录。可就是这样，仍没有一位NBA球探对巴雷亚感兴趣，因为巴雷亚1.8米的身高和80公斤的体重，在美国的NBA赛场上，实在是没有什么优势可言。

好在幸运之神还是光顾到巴雷亚的头上。在一次小牛队的总裁小尼尔森组织的大学与大学之间的"环球联赛"上，小尼尔森发现了巴雷亚的能力，答应把巴雷亚招进他的小牛队。可是到了小牛队，巴雷亚两个赛季一共才打了77场球，每一场的平均得分只有3.5分和1次助攻，这样的成绩让任何一位看过NBA比赛的球迷都不会记住巴雷亚的名字。

在NBA，巴雷亚陷入一种非常尴尬的境地：只有球队的比赛进入到垃圾时间，教练才仿佛记起巴雷亚这个人，否则就是把板凳坐穿，教练也不会让他上场。开始不断有欧洲的球探给巴雷亚打电话，希望巴雷亚到欧洲去打球。面对NBA不断地有人对自己说"你不行的"，巴雷亚开始真正考虑到欧洲去打球。

在做出决定之前，他想和父亲交流一下自己的想法。在电话中，巴雷亚的话还没有说完，他的父亲就咆哮着说："不，你不能给自己找一个借口，说自己在NBA不行。你行的！你从出生的时候就告诉我你一定行的。"

父亲的咆哮如雷打消了巴雷亚想要离开NBA的想法，巴雷亚开始静下心来提高自己的技术和三分球远投。巴雷亚心

里明白，当教练需要你的时候，你打不出漂亮的球，你就是不行。

2008年12月2日，小牛队对阵快艇队。当两队打得难分难解的时候，教练朝巴雷亚一挥手，巴雷亚不负众望，一个漂亮的三分球把快艇队砍下。两天之后，迎站太阳队，巴雷亚终于赢来了自己在NBA中的第一次首发。他一点儿也不客气地在场上发挥自己动力十足、不惧怕任何人的特点，一口气拿到自己职业生涯的最高分——18分。

今天，巴雷亚成了小牛队的关键先生，许多人都惊呼巴雷亚的身上有巨星艾弗森的影子。他的突破，他的控制节奏的能力，他的三分球远投，都在告诉那些看他比赛的人，就他这样的身体，也一样能行。因为巴雷亚从出生的时候起，就在挑战命运的战争中，证明自己一定能行。

换只手举高自信

文/马国福

考上高中后，我从乡下到城里寄宿读书。城里的学生很有钱，成绩也很好，因而我总是很自卑。老师上课提问时，城里的同学抢着回答问题，我却从不抬头，几乎不举手。我的物理很差，物理课上，老师几乎每堂课都要提问，但很少叫坐在后排的我回答问题。

可有一次，老师问了一个我不懂的问题。同学们争先恐后地举手。我想反正我举手老师也不会提问到我头上。受虚荣心的支配，我也举起了手，结果老师偏偏叫我回答。我起立后哑口无言，像根木棍立在教室里。当众出丑的我惹得同学们哄堂大笑。

放学后，我一个人坐在教室里琢磨那道题，耳朵里始终回旋着同学们的哄笑声，不争气的泪水掉了下来。这时，物理老师进来了，他深入浅出地给我讲解了那道题，然后和蔼地说："学习时不要不懂装懂。出生在农村不是你的过错，而应该成为你努力学习的动力。你不要自卑。以后我提问时，遇到你懂的题你就举左手，不懂的题你就举右手。你懂的题，你完全可以把手举得比别人更高一些。我就知道该不该叫你回答。"

老师的话使我深受感动。

我暗下决心，绝不辜负老师的期望。此后，物理课上，我按照和老师的约定做了。期中考试结束后，老师对我说："这段时间你举左手的次数为 25 次，举右手的次数为 10 次。再加把劲，争取把举右手的次数降到 5 次。"细心的老师竟然统计了我举左右手的次数。我给自己立下志愿，以后力争不举右手。从此遇到难题，我宁可不吃饭不睡觉也要把它攻克。期末考试时，我考了全班第一名。老师私下里欣慰地说："你终于不举右手了。"

后来，考上大学后老师来送我，他只对我说了一句话："以后不论遇到什么困难，别让自卑打倒你的自信。换只手举高你的自信，成功总会向你走来的。"我终于明白了老师的良苦用心：他让我举右手并且少举右手，只是为了让我超越自己，换只手举高自信，赢自己一把。

在人生的道路上，我们免不了遇到对手和困难，但如果不能举左手，那我们做的第一件事就应该是举起自己的右手⋯⋯

告诉自己：我能行

我很重要

文/马国福

　　"二战"时期受经济危机的影响，日本失业人数陡增，工厂效益也很不景气。一家濒临倒闭的食品公司为了起死回生，决定裁员三分之一。有三种人名列其中：一种是清洁工，一种是司机，一种是无任何技术的仓库保管员。三种人加起来有三十多名。经理找他们谈话，说明了裁员意图。清洁工说："我们很重要。如果没有我们打扫卫生，没有清洁优美、健康有序的环境，其他的员工怎能全身心投入工作？"司机说："我们很重要。这么多产品，没有司机怎能迅速销往市场？"仓管人员说："我们很重要。战争刚刚过去，许多人挣扎在饥饿线上，没有我们，这些食品岂不要被流浪街头的乞丐偷光？"经理觉得他们说的话很有道理，权衡再三，决定不裁员，重新制定了发展策略。最后，经理命人在企业门口悬挂了一块大匾，上面写着"我很重要"。每天当员工们来上班，第一眼看到的便是"我很重要"这四个字。不管是一线员工还是企业管理人员，都认为领导很重视他们，因此工作也很卖命。这句话调动了所有员工的积极性。几年后，该公司迅速崛起，成为日本有名的大公司之一。

告诉自己：我能行

　　这个故事是我的一个从日本深造回来的老师讲给我听的。当时我想竞选文学社社长，但考虑到自己的竞争对手比我有许多优势后，便萌生了放弃的念头。老师说："小小的日本，不论国土面积还是人口，都不及中国的一角，然而经济实力却在亚洲遥遥领先。究其原因就是：在日本，不论人的地位高低、分工粗细，'我很重要'的思想早已深入人心。这一思想把个人命运和集体的利益紧密地联系在一起，推动了整个社会的进步和发展。去竞争吧，你很重要，不要输给了自己。输给自己就等于给对手创造了赢得成功的机会。"后来，在老师的鼓励下，我如愿以偿。

　　生命没有高低贵贱。一只蜜蜂和一只雄鹰相比，虽然微不足道，但它可以传播花粉，从而使大自然五彩斑斓。

　　任何时候都不要看轻了自己。在关键时刻，你敢说"我很重要"吗？试着说出来，你的人生也许会由此揭开新的一页。

风中的木桶

文/李雪峰

　　一个黑人小孩在他父亲的葡萄酒厂看守空的橡木桶。每天早上，他用抹布将一个个木桶擦拭干净，然后一排排整齐地排列在那里。令他生气的是夜里那些淘气的风，往往一夜之间，就把他排列整齐的木桶吹得东倒西歪、七零八落。

　　男孩很生气，就在一个个木桶上用蜡笔给风写信说："请不要吹翻我的木桶。"小男孩的父亲见了，微笑着问小男孩说："风能读懂你的请求吗？"

　　小男孩说："我不知道，但我对风没有办法。"

　　第二天早上起来，小男孩跑到放桶的地方一看，可恶的风根本没理睬自己的请求，依旧把他的木桶吹得东倒西歪。小男孩很委屈地哭了。男孩的父亲抚摩着男孩的头顶说："孩子，别伤心，我们可能对风没有什么办法，但我们却可以对自己有办法，我们可以拿自己的办法去征服那些风。"

　　小男孩于是擦干了眼泪，坐在木桶边想啊想啊，想了半天，他终于想出了一个办法来。他去井上挑来一桶一桶的清水，然后把它们倒进那些空空的橡木桶里，然后他就忐忑不安地回家睡觉了。

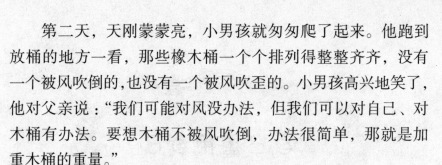

　　第二天，天刚蒙蒙亮，小男孩就匆匆爬了起来。他跑到放桶的地方一看，那些橡木桶一个个排列得整整齐齐，没有一个被风吹倒的，也没有一个被风吹歪的。小男孩高兴地笑了，他对父亲说："我们可能对风没办法，但我们可以对自己、对木桶有办法。要想木桶不被风吹倒，办法很简单，那就是加重木桶的重量。"

　　小男孩的父亲赞许地笑了。

　　是的，我们可能改变不了风，改变不了这个世界和社会上的许多东西，但是我们可以改变自己，改变我们自身的重量和我们自己心灵的重量，这样我们就可以稳稳地站在这个世界上，不会被风或其他什么吹倒或打翻。

　　给自我加重，这是一个人不被打翻的唯一方法。

自己重用自己

文/蒋光宇

　　林克莱特，1879 年生于瑞士，年纪轻轻就崭露头角，成为苏黎世联邦工业大学的优秀学员。25 岁时，他移居美国，凭借聪明才智很快受到器重。

　　1927 年，48 岁的林克莱特担任了纽约港务局的总工程师，一干就是 12 年。在这个岗位上，他做出了非凡的成绩，得到了从上到下的一致认可与好评。

　　其实，林克莱特还有不少潜力。他精于工程设计，经常有一些大胆和新奇的构想。但老板是个极其慎重的人，总觉得他的想法太大胆也太冒险了，所以他的特长并没有得到充分的发挥。在不知不觉中，林克莱特到了 60 周岁，并接到了退休的通知。起初他恋恋不舍，不想离开纽约港务局，觉得总工程师这个职位来之不易，另外还有不少业务计划等着他去大显身手。但局长遗憾地告诉他："这是规定，我也爱莫能助、无能为力。"

　　林克莱特的妻子看到沮丧的丈夫，微笑着说："退休了，你应该高兴才对。虽然我们改变不了客观，但是却可以改变自己。你有才华，又有自由的空间，完全可以自己重用自己，去实现做一名伟大工程师的梦想。"

有时候，一句话就可以改变一个人。"自己重用自己"，这话点醒了林克莱特。他很快走出了失落感的误区，朝气蓬勃地开始实施自己重用自己的计划，决心创造出一个又一个建筑史上的奇迹。

从1939年退休到1965年去世，林克莱特在世界各地创造出一个又一个令世人瞩目的建筑经典：壮观的埃塞俄比亚首都亚的斯亚贝巴机场；雄伟的华盛顿杜勒斯机场；畅通的伊朗高速公路系统；美丽的宾夕法尼亚州匹兹堡市中心建筑群；世界上最长的悬体公路桥——纽约韦拉扎诺海峡桥……

"自己重用自己"，竟然使林克莱特做出了连自己都意想不到的贡献，使林克莱特成了一位当之无愧的建筑大师。直到今天，他的经典建筑仍然是许多大学建筑系和工程系教科书上常用的范例。

林克莱特被许多大学聘为博士生的导师，也经常给同学们讲课或作报告。在每次讲课或作报告之后，总有些人请他题词留念，他写的最多的两句话就是：

"埋怨别人，天昏地暗；改变自己，风和日丽。"

"自己重用自己。"

小学生励志故事朗读本

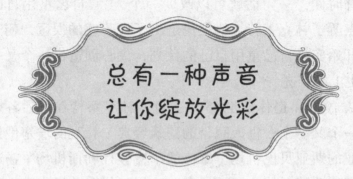

总有一种声音
让你绽放光彩

文/薛　峰

　　他从小就是一个对声音十分敏感的孩子。看动画片时，他被剧目中那些稀奇古怪、异彩纷呈的配音深深吸引，感到很开心。那时，他有一个梦想，就是长大了能做一名配音演员，演绎各种使人或感动或难忘的声音。

　　于是大学毕业后，尽管专业不对口，但他毅然进入广播电台工作，因为他觉得这样可以与声音打交道，能够接近自己的梦想。后来有了机会，他进入配音界，鼓足了劲儿打算大干一番。可配音演员不是固定职业，并且竞争异常激烈，有好长一段时间都没人理会他。尤其是他的声音很尖，不纯正，不是好的配音演员胚子，偶尔参与配音，角色不是坏人就是小人物，从不是主要人物。

　　他不想就此认输，他更不愿意以一个失败者的姿态退出。白天，他去各个片场试音，希望能被哪位导演接受；而晚上，他面对录音机，一遍遍地朗读材料，查找自己声音的不足。后来，他还曾试着为一些电视里的商品广告配音，但效果并不好，没有什么大的反响。

　　他苦恼了很久，难道自己的声音真的不行吗？为了儿时的梦想,他已坚持了这么多年,其中的酸甜苦辣,只有他自己知晓。

终于有一天,有人来找他了,说想试试他的音质,他们正在拍一部电影,主人公的配音演员一直没有合适的。他去了,一开口,在场的人都惊呆了,因为他的声音正是导演所需要的。于是,时间被定格了——1989 年。那部电影是《赌侠》,由周星驰与刘德华主演,而他是给周星驰配音,那种夸张颓废的演技与他不入主流之耳的声音正好相吻合,从而改变了他人生的道路。

《赌侠》公映后,在社会上反响强烈,而周星驰那近乎夸张、歇斯底里的声音,也令人难忘。柳暗花明,一发而不可收拾。在随后的几年里,他成功地给三百多部影视剧配音,除周星驰外,还有其他明星。比如《古惑仔》里的陈小春、《西游记》里的张卫健、《咖喱辣椒》里的梁朝伟、《新边缘人》里的张学友等。每一次都令导演和演员十分满意,也赢得了观众的赞誉。他叫石班瑜,配音界的名人,他的声音为周星驰的精彩表演起到了画龙点睛的绝佳效果,甚至那个招牌式的夸张笑声也是他的杰作。

其实,每个人都有属于自己的舞台,心有多大,舞台就有多大。即使你是一株小草,也有自己的春天;即使你是一颗流星,也应闪耀自己的光芒。而总有一句话,能温暖你心灵的深处;总有一种声音,让你绽放人生的精彩。

最重要的角色

文/雪小禅

我邻居家的孩子一直在央求他妈妈给他买新衣服——上衣是白衬衣，下面是黑色的短裤。他的妈妈说，老师怎么会这样啊？

我问怎么了？她说：学校要举办拔河比赛，要求统一着装，男孩儿一律都要穿白衬衣黑短裤。但我的孩子不用啊，因为他长得瘦小，没有被选上参加拔河比赛，但他还是要一套这样的新衣服。

她是不想买的。因为孩子有很多旧衣服，她的家境也不是太好。我想这小孩子虚荣心也太强了，看见别人穿新衣服，自己也要。当然，孩子的天性吧，我也能理解。

孩子就哭了，一边哭一边说，虽然我没有被选上参加拔河比赛，但老师说我是最重要的角色，没有我的鼓励，他们会没有力气的。

我一下被感动了。这个老师是多么聪明而善良的一个老师啊，既没有打击孩子的自信，还让他认为自己是很重要的角色。我相信这句话对这个孩子的一生都会影响甚大。

其实，每个人都是很重要的角色啊。我有一个朋友，中

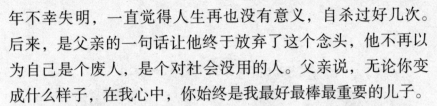

告诉自己：我能行

年不幸失明，一直觉得人生再也没有意义，自杀过好几次。后来，是父亲的一句话让他终于放弃了这个念头，他不再以为自己是个废人，是个对社会没用的人。父亲说，无论你变成什么样子，在我心中，你始终是我最好最棒最重要的儿子。

　　还有我们，有时觉得自己是个可有可无的人，有时对生活慢慢地厌倦。但是，我们有一天终于明白，自己是生活中很重要的角色。我们忙碌着、创造着，是父母最疼爱的女儿，是丈夫相濡以沫的妻子，是同事的合作者，是朋友的倾诉者和倾听者……甚至我们是无意给陌生人一个微笑的过客，我们不重要吗？当然不。也许，因为我们的一个微笑，这个忧伤的陌生人会觉得生活充满了希望啊！

　　每个人都是重要的角色，无论你在哪个位置上。只是你该如何演好你自己的角色，那是一件更重要的事情。

小学生励志故事朗读本

做好自己

文/李剑红

　　小时候，我常常羡慕别人，觉得我不如周围的孩子聪明，不如身边的女孩漂亮。后来我发现，我有他们所没有的长处：我比他们更加勤奋，比他们更加刻苦，我的学习成绩也比他们好。我穿的衣服没有他们那样昂贵，我的父母没有他们父母有钱，可是我的知识比他们丰富，我的头脑比他们更加善于思考，我的心灵比他们更加充实。

　　长大以后，我常常听到周围人的慨叹："如果我是张学友就好了，我可以成为一名歌星！""如果我是张柏芝就好了，那样我就是有名的影星大腕！""如果我是马拉多纳……""如果我是贝多芬……"他们一直在羡慕别人，用别人的优点来对比自己的不足而发出叹息。事实上，他们永远不能够成为别人，因为他们只能做自己。

　　日本江户时代有位很出名的女艺人，名叫加贺千代女。有一次，一位贵族请她去府上演出。

　　当时府中的女佣都知道这千代女是鼎鼎有名的人物，便拥挤着想偷偷一睹她的芳容。没想到千代女是个长相很丑的女人，所以当千代女要离开时，就有女佣在背后指指点点说：

"我还以为今天能看见个大美人，没想到她竟是个丑八怪。她能成为艺伎可真奇怪，早知道我也不到厨房干活，去台上卖丑还能出名呢！"

她们将这讥笑的话故意大声说给千代女听。千代女听了之后，只微微笑着说："虽有一抱之粗，但柳树依然是柳树……"

千代女的自信与睿智，以及她从容不迫的态度，使在场的人对她更加佩服。

每个人都有自己的缺点，也都有自身独特之处。何须去艳羡别人，只须认真而自信地做好你自己。

我曾经听过这样一个故事：

有一个生长在孤儿院中的小男孩，常常悲观地问院长："像我这样的没人要的孩子，活着究竟有什么意义？"

有一天，院长交给男孩一块石头，说："明天早上，你拿这块石头到市场去卖，但不是真卖。记住，无论别人出多少钱，绝对不能卖。"

第二天，男孩拿着石头蹲在市场的角落里，意外地发现有不少人对他的石头非常感兴趣，而且价钱愈出愈高。

回到孤儿院，男孩兴奋地向院长报告。院长笑笑，要他明天把石头拿到黄金市场去卖。在黄金市场上，有人出比昨天高10倍的价钱来买这块石头。

最后，院长叫孩子把石头拿到宝石市场上去展示，结果，石头的身价又涨了10倍，更由于男孩怎么都不肯卖，竟被传扬为"稀世珍宝"。

男孩兴冲冲地捧着石头回到孤儿院，把这一切告诉给院长，并问为什么会这样。

院长没有笑，望着孩子慢慢说道："生命的价值就像这块石头一样，在不同的环境下就会有不同的意义。一块不起眼的石头，由于你的珍惜、惜售而提升了它的价值，竟被传为稀世珍宝。你不就像这块石头一样吗？只要看重自己、自我珍惜，生命就有意义、有价值！"

其实我们每个人都是无价之宝，无论是容貌丑陋却才华横溢的艺人千代女，还是孤儿院里的小男孩。生命本身没有高低贵贱之分。不要自卑，要相信你自己是独一无二的！做好你自己，挖掘出自身的潜力，你的人生会更精彩！

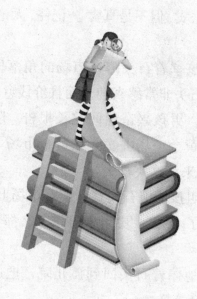

上帝发牌我出牌

文/罗 西

皮尔·卡丹从小就对服装感兴趣，8 岁时设计出第一件衣服，14 岁时成为一名见习时装设计师。然而，他的父母却希望他成为药剂师，是对服装的浓厚兴趣使他成了一名出色的服装设计师。三十多年来，他共创造了三万多种时装款式，设计了五百多种其他的产品，在世界上 93 个国家出售。好险，皮尔·卡丹如果没有跟着自己的兴趣走，也许只会是一名平凡的药剂师。

在这一点上，韩寒做得非常好，所以他才高喊："我是金子！我要闪光！ 出名要趁早！"他先是开创"少年作家"之称号，热闹了整个中国后，又闪身成了 F1 赛车手。因为喜欢，天才什么都玩得起。最重要的是，他有勇气去寻找自己的兴趣！

有的人反应不快，但很有耐心；有的人拙于言词，但长于策略性思考……关键是让你的兴趣带领你去找到真理与成功。被视为投资教父，排名全美第二大富豪的华伦·巴菲特，可以算是世界级的人物。在现今快速变动的全球市场上，一般以为的投资大师应该是机智、思考尖锐、急性子的，但从巴菲特朴实的风格、略显邋遢的外表，以及有点慢吞吞的讲话速度，完全看不到这些特性。

　　然而，巴菲特今日的成就，正是基于他个人特质的发挥。他说："我真的跟大家没两样，只不过我每天早上起床后，有机会做自己想做的事，就是自己感兴趣的事。"

　　能让你赢牌的，是你手中最喜欢的那张牌。艾森豪威尔的母亲曾告诫他说："人生就和打牌一样，发牌的是上帝。不管你手中的牌是好是坏，你都必须拿着，你都必须面对。你能做的，就是找出你喜欢的牌，然后出牌！"艾森豪威尔此后一直牢记母亲的话，顺着自己的政治兴趣向前迈进，成为中校、盟军统帅，最后登上了美国总统之位。

　　老虎伍兹虽然纵横高尔夫球场，但是他在沙地上的表现并不佳，因为他不喜欢沙地。伍兹和他的教练干脆就把大部分练习时间投入在伍兹的拿手好戏上，让他的兴趣变成长处。

　　每个人所拥有的兴趣是独特而且永久的，也是他成长空间最大的地方。如同玩扑克牌，你必须掌握，能让你赢牌的，是你手中最喜欢的牌。

冬瓜也要面子

文/刘克升

在他的印象中，妈妈对他们兄妹俩一直是十分宽容的。

记得小时候，有一天，他和妹妹在屋子里玩耍。不经意间，他拉开了抽屉，发现有五角钱静静地躺在里面。那时，他看中了一本连环画，正愁没钱买。这下，机会来了！他趁妹妹没注意，把五角钱揣到了兜里。

后来，爸爸拉开抽屉，发现少了五角钱，很恼火，要兄妹俩主动把五角钱交出来。

这时，妈妈站了出来，委婉地对爸爸说："这五角钱不一定是孩子拿的，也许是我和你放错了地方呢。"接下来，妈妈和爸爸带着兄妹俩来到了屋子外面。妈妈说："现在，全家人轮流到屋子里走一趟，每个人在屋子里待上一分钟。如果那五角钱在自己手里，就把它放回抽屉里。"

说完，妈妈让爸爸第一个走到屋子里。爸爸出来后，妈妈进去了。接着轮到他。一走进屋子，他就马上从兜里掏出那五角钱，拉开抽屉，放了进去。做完这些，他如释重负，长长地松了一口气。

事情完全按照妈妈预想的方向发展。妈妈很开心，要做排骨炖冬瓜汤给他们喝。妈妈握紧了冬瓜带蒂的一端，另一只手拿着刮刀，开始给冬瓜去皮。在刮刀刮到冬瓜蒂部，还剩一小圈冬瓜皮的时候，妈妈就会停下来。他看见了，就问妈妈为什么要留下一小圈冬瓜皮。

妈妈笑着说："人要脸，树要皮，冬瓜也要面子的。只有给它留点儿面子，它才会听你指挥。"他不信，从妈妈手中接过刮刀，想把剩下的那圈冬瓜皮去掉。结果，真如妈妈所言，去了皮的冬瓜滑溜溜的，手很难握得住。他费了好大的劲才把剩下的那圈冬瓜皮刮掉，可一不小心，手被刮刀划了一道血口子。

望着他的狼狈样，妈妈把他揽到怀里，心疼地说："看见了吧，浪费了时间和体力，还弄伤了自己，这就是把冬瓜弄得光溜溜、一点儿面子都不给它留的代价！"

冬瓜也要面子！他终于理解了妈妈的苦心。那一分钟的宽容将一辈子刻在他的心坎上。

很难想象，如果那天妈妈一点儿面子也不给他留，让他当着家人的面掏出那五角钱，会给他的心理造成什么影响。那样，他所犯的错误可能再也得不到改正的机会。或许，他还会像那个被刮光了皮的冬瓜一样，逆反成一个无所畏惧、谁也管教不了的坏男孩。所幸，这些令人沮丧的事情并没有发生，妈妈替他守住了面子的"底线"，给他留下了回头的余地。

"冬瓜也要面子"，这句话像一把永不熄灭的火炬，照亮了他的人生旅程，使他的心地更善良，待人也更宽容。

第四辑

做一只打不碎的玻璃杯

ZuoYiZhiDaBuSuiDeBoLiBei

打败心中的魔鬼

文/余显斌

佛尔曼是世界拳王，和拳王阿里前后辉映。

佛尔曼创造了两项奇迹：一是出道之初，如一道闪电，一拳击倒博雷瑟，让世界拳击爱好者目瞪口呆。须知，博雷瑟曾经击倒过不败的阿里，取得骄人的战绩。

从此，佛尔曼时代到来。佛尔曼体格健壮，面相凶恶，有着铜墙铁壁般的身躯，挥舞着一对铁拳，频频出击，横扫世界拳击场，出手之下，从无三合之将。佛尔曼的名字，一时光辉四射，大大地超过了博雷瑟，甚至超过了阿里。这种局面，一直维持到后来，他被阿里击败。

那是一场势均力敌的拳击比赛，更是一场耐力与技巧的对搏。

面对不败的阿里，毫无来由的，佛尔曼的汗就流了下来，心里竟产生了以往从没有过的恐慌，连他自己都说不清楚。比赛中，他抛弃了以往稳、准、狠的打法，挥拳躁进，一味猛攻，似蛮牛一般。

而阿里则要老辣得多，他采用绳边抵抗法，一味游走，消耗着佛尔曼的体力。当比赛进入第八回合时，阿里蓄足力量，

挥拳猛攻，一拳下去，一代新拳王轰然倒地。

裁判数着："一、二、三……"

佛尔曼倒在地上。他暗暗地积攒着力量，但一直到裁判喊到十，也没能站起来。他放弃了，面对阿里的气势，他自己打败了自己，之后，在拳坛消失得无影无踪。

这期间，有很多拳击组织请佛尔曼出山，再显虎威，可他都摇头辞谢了，他走不出那次失败的阴影。

这种状况，一直持续了二十年。二十年后的 1994 年，又如一道闪电一般，佛尔曼出现在拳坛上，而且一出拳就击倒了当时的拳王摩尔。

又一次，拳坛上，观众哗然，大跌眼镜。

据说，胜利后，佛尔曼跪在拳击台上，划着十字，喃喃自语道："终于打败了我心中的魔鬼，终于打败了。"那一刻，他泪流满面，不能自已。那年，他 45 岁。

按照拳坛规律，35 岁应该是拳击手退休的年龄，而他，整整把这个年龄向后改写了十年。这是他创造的第二个奇迹，之所以能创造这个奇迹，是因为他打败了自己心中的魔鬼。

在失败面前，每个人，包括佛尔曼在内，都会产生一种自我畏惧心理，可是，又有多少人能像佛尔曼那样，经过一段痛定思痛后，挥拳奋击，打败自己心中的魔鬼呢？

第 三 块 砖

文/澜 涛

　　那是初中时的一堂翻越障碍墙的军训课，因为我们这些学生个子都太矮小，教官在障碍墙前的起跳处摆起了两块砖，又在上面盖了一块帆布。同学们虽说动作不算规范，但都相继翻了过去。

　　轮到我了，我是班里个子最矮的，紧张得心怦怦乱跳。默默重复着教官讲解的要领，开始助跑、起跳、搭手、抬臂……没等肘臂抬上障碍墙，我就滑跌了下来。当我在教官的命令声中第三次滑跌到地上时，眼前那两米多高的障碍墙在我心里已成为一座高山，无法翻越。我仰躺着，泄气极了。

　　"再来一次！"教官喝令道。"能加一块砖吗？"我试探着请求。教官沉思片刻，点头应允。教官摆放第三块砖时，我已重新站到了起跑处。深吸一口气，助跑、起跳、搭手、抬臂、跨腿……我终于站到了障碍墙的另一面。"就差一块砖。"我嘀咕着。教官一脸严肃地把我叫到障碍墙前，示意我揭去覆盖砖块的帆布。我莫名其妙地伸出手，然后，我惊呆了：帆布下面，摆着的依然只是两块砖，第三块砖平放在后面。"其实，第三块砖就在你心里。"教官的河南口音从此响在我的生命中了。

　　许多时候，我们对自身能力缺乏足够的认识和了解，常常希望依仗身外的帮助。而一个人躺倒之前总是信心先躺倒的。所以，战胜困难，首先就是战胜自己。

命运的一半
掌握在自己手里

文/李 愚

美国有位节目主持人，平均每半年就被辞退一次，在她的职业生涯中，曾遭遇过 18 次辞退。然而，她却把每一次辞退，都看作是自己继续努力的机会。

1981 年，她来到纽约，一家广播公司让她主持一个政治节目。可她对政治一窍不通，但又不想失去这份珍贵的工作，于是她拼命补习政治知识。1982 年夏天，她主持的节目终于开播了。她主持技巧娴熟，言谈平易近人，并积极鼓励听众打电话，参与讨论国家的政治活动，包括总统大选。这在美国的电台播音史上是一种全新的尝试。她的节目因此而成为全美最受欢迎的政治节目，她也在一夜之间成了名。

她，就是先后两次获得全美主持大奖的美国著名节目主持人莎莉·拉斐尔，每天有 800 万听众收听她主持的节目。

莎莉·拉斐尔在总结自己的成功经验时说："上帝只掌握了我的一半，我越继续努力，手中掌握的另一半就越大，靠着自身的努力，我终于赢得了上帝！"

命运的一半掌握在上帝手里，另一半掌握在自己手里。当你为取得某种成绩而沾沾自喜时，不要忘了你命运的一半还掌握在上帝手里；当你因失败而迷途无助时，不要忘了你命运的一半掌握在你自己手里。

命运的一半掌握在自己手里，我们或许逃不过劫难，但是我们要相信一切都会好起来的。岁月无法回头，只能往前走,坦然接受上苍所带给我们的惊喜和灾难。过去的已经过去，未来的还来得及努力，命运的一半还掌握在自己手里，要么放弃，要么奋斗不已，不到最后绝不认输。

不要相信上帝，因为命运的一半掌握在自己手里，需要自己去努力，只要努力，我们的人生一定会更美好，让我们把自己可以掌握的那部分发挥到最好吧！

不再被人忽视的理由

文/崔鹤同

　　他是一位不幸的少年，因为身材矮小，总是被别人忽视。上小学的时候，学校开展小发明比赛，但是班级小组推荐的名单中没有他。于是他找到老师表示愿意参加比赛。老师尽管有些怀疑，但仍然答应了他。几天后，他交上了自己的作品——无尘电动黑板擦，这个作品不仅在学校获了奖，还在市里获得一等奖。

　　上中学的时候，他的身高只有一米多一点。一次，电视台、教育厅、省科协举办"青少年科技创新大赛"。他经过考虑，给电视台打去电话，擅自决定代表自己的学校报名参赛。结果，他设计的电动车防滑带获得此次大赛一等奖，为学校争得了荣誉。

　　2003 年 12 月，联合国教科文组织决定举办一次"全球儿童文化论坛"，在全球每个国家选择一名 14 岁以上的青少年赴巴塞罗那参加活动。这一次，他又主动报了名，并被列为候选。然而，全国共有 120 名候选青少年，从中只能挑选一人。组织者把 120 人分为 12 个小组，每组选一名代表上台演讲。不幸的是，他没有被小组选上。当其他选手在台上侃侃而谈的时候，他再也坐不住了，悄悄地跟一位工作人员说："叔叔，您能不能帮我喊一下台上的主持人？"主持人走到他的身边，他小声对主持人说："尽管没有人推选我，可我觉得我有这个能力，您给我一次机会，我会给您一份惊喜！"主持人和评委沟通以后，终于答应让他上台试一试。这一试，他成了中国唯一的入选者！

2004年3月，他接到了联合国的正式邀请。5月12日，身高只有1.2米的他，作为中国唯一的代表站在了国际论坛上，他的演讲赢得了场内持续热烈的掌声。2004年12月，法国著名儿童片"天线宝宝"制作中心专程赶到中国，为他拍摄专题片。

他的名字叫姚跃，安徽省合肥市三十八中一位16岁的残疾少年。"小不点"的他，在许多方面表现了不一般的"大智慧"。他获得过合肥市青少年科技创新大赛一等奖，安徽电视台"金点子行动"发明创造（青少年组）二等奖，省残疾人乒乓球赛第四名、合肥市中小学生乒乓球赛团体第一名。他专为残疾人制作的网站可以为残疾人提供免费咨询服务，英国一家残疾人基金会准备吸纳这个网站。姚跃，一个充满朝气和希望的阳光少年。

一个人可以被别人忽视，但绝不可以自己轻视自己，从而自暴自弃，一蹶不振。只要自己尊重自己，自强不息，奋发进取，竭力把自己推到前台，就会展现人生另一番风景。这也是不再被别人忽视的理由。正如在接受西班牙国家电视台记者采访的时候，姚跃说："当你被别人忽视的时候，请记住一句话——你自己就是伯乐。"

一只眼睛也能
看见天堂

文/包利民

　　在法国南部有个叫安纳西的小城，城中心的广场上矗立着一尊雕像，那是一个普通的士兵，而在小城他的名字却是家喻户晓。他叫约翰尼，在二战中，他所在的部队在这里战至只剩下他一人，他却没有退走，在街巷屋顶，不停地狙击城里的德国兵。他精准的枪法消灭了上百名德军，最后他在敌人的围攻下壮烈牺牲。战争胜利后，小城的人民为了纪念他，在广场上竖起了这座雕像。

　　可就在这一年，约翰尼的雕像却时常发生着怪事。有一天早晨，人们发现雕像的一只左眼被人用泥巴封住了，清洁工人把泥巴弄掉后。第二天，却依然发生了同样的情况。这下使人们议论纷纷并十分愤怒，痛骂亵渎他们心目中英雄的那个人。为此，人们自发地组成夜巡队，试图抓住恶作剧者，可是一连几晚都没有进展，而令人吃惊的是，那块泥巴依然神不知鬼不觉地出现在雕像的左眼上。正当人们惊疑不定一筹莫展之际，一位名叫帕克的老人自告奋勇地站出来，说要单独解决这件事。面对这个老人，几乎所有的人都怀疑他能否胜任，可看他充满自信的神情，便决定让他一试。

帕克老人开始行动了，并拒绝别人的帮助。那天夜里，他搬了一把椅子坐在广场上，眼睛闭着，似乎睡着了。不知过了多久，寂静中传来啪的一声轻响，老人忙向雕像走去，伸手取下雕像左眼上的一小团泥巴，把玩了一会儿，侧耳四处听了听，带着微笑搬起椅子回家了。

第二天上午，帕克老人来到雕像对面的那片平民区，这里离雕像只隔着一条街道。他走走停停，最后站在了一户人家的门前，举手敲门。良久，门开了一条缝，一个十四五岁的小孩探出头来问："你找谁？"老人说："我路过这里，可以进去坐会儿吗？"小孩犹豫了一下，还是把门打开了。在院子里坐下后，老人缓缓地问："小提米拉，告诉我，你为什么要这样做？"小孩吃了一惊，下意识地后退了两步，说："你说些什么？我听不懂！"老人笑了，说："小提米拉，我知道是你干的，虽然我不能亲眼看见。不过你别害怕，我是不会说出去的！"小提米拉盯着帕克老人看了好一会儿，才问："你是怎么知道我的名字的？又怎么知道是我干的？"老人点点头，说："几年前我就知道你，一场意外使你的左目失明，从此你就面对着许多人的嘲笑，你的事在这一带有谁不知道呢？"

沉默了好一会儿，小提米拉抬起头，右眼中放出恶毒的光来，恨恨地说："你知道他们叫我什么吗？他们叫我独眼鬼！还有不少小孩向我扔石头，跟在我后面辱骂我。我就要把他们心目中的英雄也弄成独眼鬼，看他们还能不能笑得出来？"帕克老人听后，说："孩子，我来找你，并不是要责备你，我只是感到好奇，你是用什么方法把泥巴弄到雕像的左眼上去的？"小提米拉有些得意地说："我自制了一把枪，把泥巴团成丸装进去，然后爬上房顶，就射在雕像的左眼上了！"老人哈哈大笑，一边鼓掌一边说："真是聪明，枪法也准，那么远的距离，那么暗的路灯，你居然能瞄得那么准！"小提米拉垂下头来，说："我瞄得准，是因为我只有一只右眼！"

老人站起来，抬手抚了抚小提米拉的头，说："孩子，这个雕像，也就是约翰尼士兵，你知道吗？在那段战争的日子里，他用一只眼睛的时候也是最多的。他要在城里狙击敌人，要闭上左眼瞄准，他枪法那么好，就是因为只用一只右眼。而你的枪打得这么准，也是只用一只眼睛的缘故。所以说，不要抱怨上帝对你不公平，也不要痛恨那些嘲笑你的人，命运夺去了你的一只眼睛，是让你把目标看得更清楚、更准确！"小提米拉的右眼中，淌出泪水来。帕克老人转身向门口走去，出门前撞到了墙上，他回头笑着说："忘了告诉你，小提米拉，我的双目许多年前就失明了，你这个院子我不熟悉，才会撞到墙！"看着老人慢慢远去的背影，小提米拉的两只拳头攥得紧紧的。

从此，雕像的左眼上再没有泥巴出现，人们也渐渐淡忘了此事。几年之后，在全法的射击大赛中，一个独眼的人却一举夺魁，而且是历届冠军中唯一的满环。站在领奖台上，小提米拉的右眼中放出热切而坚定的光来，再无怨怼与愤恨，因为他明白，一只眼睛中的世界，也可以是完整而美丽的！

做一只
打不碎的玻璃杯

文/黄小平

　　我在一家报社做记者时，采访过一位成功的企业家。以前，我对这位企业家有所了解，便问："听说在你的人生之路上，曾经历过不少风风雨雨、坎坎坷坷，也栽过不少跟头，请问，你是如何做才没被这些挫折击败的？"

　　企业家没有直接回答我的问题，而是从办公桌上拿起一只玻璃杯，问："如果我现在松手，这只玻璃杯掉在水泥地上会怎样呢？"

　　"当然必碎无疑。"我说。

　　"是吗？"企业家一松手，玻璃杯掉在水泥地上，发出清脆的声响，可玻璃杯却完好无损。

　　"你知道它为什么不会摔碎吗？"企业家问，"因为它是一只钢化玻璃杯。从表面上看，这只玻璃杯与普通的玻璃杯并没有什么两样，但它在钢化中改变了自己的质地和结构，使自己变得坚硬无比起来，成了一只打不碎的玻璃杯。"

　　接着，企业家从玻璃杯讲到人："其实，人与人之间，从表面上看也没有多大的差别，但有的人为什么无论遭受多大的挫折和打击都击不垮呢？就是因为他们内心深处那不屈的

意志和精神'钢化'了他们的人生，使他们变得无畏和坚强起来，而成了人群中一只打不碎的'玻璃杯'。"

　　感谢这位企业家，他让我懂得了在坎坷的人生路上，如何做一只打不碎的"玻璃杯"。

勇敢地迈出
自己的脚步

文/沈 湘

　　1889 年，一个男童在英国伦敦一个平民家庭出生了。由于父亲早亡，母亲精神失常，被人收养的他，常遭养母虐待。苦难的经历让他的心理变得极为脆弱，他患有严重的自闭症。他长得又瘦又小，在学校里几乎没人跟他说话，连老师都不喜欢他。后来在养母的威逼下，他辍学了。失学的他一有时间仍会去学校的附近逛逛。有一次，学校举办一个歌舞会，他们班的同学很多都报了名准备参加演出，报了名的同学都要参加彩排。

　　由于他害怕待在家里遭受养母的虐待，只得独自外出闲逛，逛着逛着，他便来到了学校的大礼堂门口。出于好奇，他往礼堂里探了探脑袋，果然发现同学们都在里面排练。他这一探头刚好被老师发现了，老师便将他叫了进去。那位老师不知道他已辍学，还以为他是他们学校的学生呢，便说因为有一个同学请了病假不能参加演出，问他能不能代替那位同学。他犹豫着不知该如何是好，因为他从来没有想过自己也能上舞台演出。9 岁的他被老师牵着手，亦步亦趋地走上彩排的舞台。由于太紧张了，在上舞台的时候他还差点摔了一跤。

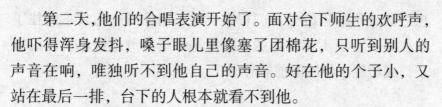

第二天,他们的合唱表演开始了。面对台下师生的欢呼声,他吓得浑身发抖,嗓子眼儿里像塞了团棉花,只听到别人的声音在响,唯独听不到他自己的声音。好在他的个子小,又站在最后一排,台下的人根本就看不到他。

演出结束后好久,他还沉浸在演出时的激动中,长这么大他还是第一次拥有这种激动的感觉。由于他的私自出走,养母终于将他扫地出门了。他成了一个流浪的孤儿,白天乞讨,晚上躲在一个草棚里回忆那天演出的情景,并且自创了一套节目。

机会终于来了,一个马戏团到他们那里演出,他找到团长毛遂自荐。当着团长的面,他竟然将一个流浪儿的辛酸以喜剧的形式演得活灵活现,但是又使人笑后感到了泪水的苦味。团长当即拍板留用了他。从此,他随流动剧团,跑遍了英国的每个角落。后来他去了美国,并在影片《威尼斯赛车记》中创造了一个悲剧小人物"夏尔洛"的角色,从此,这个有着特别装束的流浪汉形象风行世界70年,经久不衰。他就是著名喜剧演员卓别林。

提起卓别林的名字,许多人就会想起一个身穿肥大裤子、脚踏大头皮鞋、头戴破烂礼帽、留着硬毛刷胡子的流浪汉形象。卓别林给观众带来了无休止的笑声,甚至可以使人笑出眼泪来。然而,人们却无法说明那是欢乐的眼泪还是辛酸的眼泪,别人只可以让观众发笑,卓别林却可以让观众笑完以后深思,这是同时代的任何喜剧演员不能做到的。

勇敢地迈出自己的脚步,这是卓别林写在自己日记上的一句话,他一直以这句话激励着自己。是的,如果当初卓别林不能勇敢地迈出那一步,那么他终其一生也只是个令人不屑的流浪汉。人的一生都在与机会相遇,却是错过的多,抓住的少,但你只要抓住了一个,便成功了。当你在一家一直想进而又不敢进的公司门口徘徊时，当你对一门技术向往了很久而一直下不了学习的决心时……请勇敢地迈出自己的脚步，成功就在你的眼前等着你！

跨过心中的影子

文/刘东伟

在 1968 年墨西哥奥运会之前，如果说鲍勃·比蒙是一颗明星的话，那么，墨西哥奥运会之后的比蒙，就是一颗光彩耀目的巨星。

奥运会前的一天，比蒙已经获得 22 枚金牌，胜利让他目空一切。来墨西哥时，更是夸下海口，似乎已经将男子跳远这块奥运会金牌，提前放在囊中。

那天，比蒙在去训练场的路上，看到一个人，那个人六十来岁，留着雪白的胡子，正俯身扫着街道上的树叶。比蒙走到近前的时候，那人的扫帚落在他脚上。比蒙喝道，干什么？老人说，扫地。比蒙生气地说，难道你没看到我吗？老人看他一眼，说，我的眼里只有树叶和扫帚。比蒙大怒，近一两年来，他以为自己已经是美国妇孺皆知的体育明星，谁想连一个扫大街的老人，都不把他看在眼里。

比蒙拍着胸脯说，请记住，我是比蒙，世界跳远冠军。

老人说，我知道你是比蒙，你现在虽然是世界一号跳远王，但是，你破过世界纪录吗？

比蒙的脸一热，的确，在此之前，他的最好成绩只有 8.33

093

米，离世界纪录，还差 0.02 米。老人的话击中了比蒙的要害，因为比蒙的心中一直有个影子，那就是 8.35 米的世界纪录。这个影子像一块石头，压在他身上，让他始终快乐不起来。

比蒙向老人深深一躬，离开了。

从那天开始，比蒙变得沉默了。他在公众场合很少说话，甚至很少和人谈论自己以前的成绩。

1968 年墨西哥奥运会跳远资格赛上，由于心态不稳定，比蒙在前两跳中，都踏了线，第三跳，保守起见，他离线一点距离就起跳了。这一跳虽然只有 8.19 米，他还是顺利过了关。

在第二天的决赛中，比蒙的第一跳很慢。当时，他平静着自己的心态，努力驱除了心中的影子，暗想，一定要超过它。

在万众瞩目中，比蒙起跑，踏板，飞身，像一道闪电，划过墨西哥的低空，落在 8.90 米的位置。一个超过世界纪录 55 厘米的新的记录诞生了，整个墨西哥城都似乎震动了。凭借这一跳，比蒙轻松地取得男子跳远冠军。

每个人的心中都有一个影子，或者是对手，或者是自己。当它像石头一样压在你心上时，会让你抬不起头来。因此，你只有跨过它，才能到达一个新的高点。

摇翅风暴

文/高兴宇

二战结束后，冷战的阴影笼罩在柏林上空。1948 年某一天，西柏林的水陆运输线被突然切断。当时，西柏林尚未从战争的创伤中恢复，根本不具备生产食物和其他生活必需品的能力。为了让居住在这里的 250 万德国居民生存下去，美、英等军队搭建了一座"空中桥梁"。

在这些众多参与空运的飞行员中，有一位叫哈文森的中尉。一天，他在柏林的军用机场遇到一些孩子。当他把身上仅有的两块口香糖分给孩子们后，哈文森发现孩子们的喜悦和满足无法用言语来形容。此刻，他下决心要让孩子们的喜悦延续下去。为此，他想出了一个独特的点子，就是将糖果包在手绢里，在飞机快要接近地面时，将它们投向地面，送给孩子们。

哈文森想到做到。这些如同小小降落伞似的糖果包撒向地面后，受到了孩子们的极大欢迎。一个名叫梅德塞斯的小女孩，开始害怕飞机的轰隆巨响，后来鼓起勇气和其他孩子一起等待从天而降的糖果，但每次都抢不到。这位女孩一时兴起，给哈文森写了张纸条，请他把糖果直接投进她家后院。想不到，哈文森不久就回信，信中还捎带着糖果。

为了让孩子们能够从柏林上空无数架飞机中辨认出自己，哈文森在每次投下糖果前都要将所驾飞机的翅膀摇晃几下。

著名的"蝴蝶效应"说，一只蝴蝶在巴西轻拍翅膀，可以导致一个月后美国德克萨斯州的一场龙卷风。

哈文森的摇晃飞机翅膀，如同巴西上空的蝴蝶，同样掀起了一场风暴。

西柏林儿童亲切地称哈文森为"摇翅膀叔叔"。关于这个亲切称谓来龙去脉的故事也不胫而走，许多媒体大肆报道，美联社还打了个有趣的标题："柏林上空的糖果轰炸机"。这些报道，激发了全美国儿童对西柏林儿童的同情，他们自发地为西柏林儿童攒下了难以计数的各式糖果。

1948 年 12 月 20 日，为了让西柏林儿童过上一个快乐的圣诞节，美英等军制定了一次代号为"圣诞老人"的特别空运任务，所有的运输机装满了从美国各地募集的糖果和玩具。在飞临西柏林机场上空时，所有运输机都做出了一个同样的动作——摇晃飞机翅膀。他们以这种亲切的方式给西柏林孩子们送去了二十多吨巧克力、口香糖和其他糖果、玩具。

哈文森以及其他飞行员的爱心，就像甜蜜的纽带把美军和德国年轻一代紧密连接在一起。西柏林人乃至德国人至今对美国怀着深深的感激之情，这件事居功不小。

站在自己对面看自己

文/彭永强

我一直抱怨自己命运不济。出生在贫穷的农家，自呱呱坠地之时就跟人差了很大一截。好不容易才考上大学，又千辛万苦读完了研究生，可偏偏赶上了学历大幅度贬值的年代。在城市里摸爬滚打省吃俭用四五年，才能攒够一套小房子的首付……

办公室里有位快要退休的女老师，姓李，她家境优裕，自己和丈夫又都事业有成，女儿在国外读了大学，又在国外工作。在我看来真是春风得意，万事可庆——绝对是我羡慕的对象。

有一天，我和李老师拉起家常。聊着聊着，李老师突然说："真羡慕你，像你们这样的年轻人多好啊……"

我万分惊诧，问："我有什么好羡慕的？我觉得自己的生活糟糕透了……说实在的，我还非常羡慕您呢！"听我这么说，李老师也是非常意外。不过，她还是先回答了我的问题，说："你看看你，这么年轻就读完了大学，念完了研究生，我像你这么大的时候，才刚刚参加高考呢！我们那时候，想看本小说都得偷偷摸摸的！再说了，你又有才华，年纪轻轻的就发表了几百篇文章……"

听李老师这么一分析，我心底还真的一下子开朗了许多！

　　的确，在生活中，当羡慕别人时，我们往往只会看到别人幸福、快乐的一面，常常会忽略他们拥有这些幸福、快乐所付出的努力，又屡屡会漠视自己的长处，忘记自己拥有的优势。

　　其实，我们不妨站在自己的对立面，以一个羡慕自己的人的身份打量自己，寻找一下自己的优势，寻找一下生活中的亮点。只有这样，我们才能真正做到羡慕自己，才能赢得充满自信充满阳光的幸福人生！

第 五 辑

再破的盆里
也能开出美丽的花

ZaiPoDePenLiYeNengKaiChuMeiLiDeHua

做一棵向阳的树

文/陈　敏

平亚丽有一双黑亮的大眼睛，却是盲人。1984 年，平亚丽在美国纽约举行的残奥会上获得了中国有史以来第一枚金牌。在掌声与欢呼声中，厄运悄然而至。

她结婚生子，孩子竟然先天性双目失明。接着，她下岗离婚，靠着每月 380 元的救济金，和儿子相依为命。

生活就像荒芜的园子，满目荒凉。偶尔回忆昔日荣耀，只是更加痛苦。她甚至想过，变卖自己的金牌，换取第二天的口粮。

1999 年春节，她麻木的心灵遭到了痛击。

那天，平亚丽带着 10 岁的儿子，去领每年一度政府发放的困难补助金。现场人声鼎沸，记者云集。接过 300 元的时候，她听见照相机咔嚓咔嚓响个不停，眼皮也被闪光灯刺痛。她不由得紧紧握住了儿子小小的手，自觉羞耻地低下了头。十多年前，她也是焦点人物，却是站在无限荣耀的领奖台上，接受全场欢呼！

领钱回来，平亚丽还在落泪，却听到儿子欢呼雀跃地说："妈妈，有钱了咱们买顿肉吃吧。"儿子并不觉得接受施舍是件

难堪的事情。他无知的笑容，比贫穷更让平亚丽感到恐惧。如果自己接受现状，不思进取，始终靠救济金生活，那么，儿子肯定也会变成社会的寄生虫！

平亚丽决定改变自己。哪怕是为了儿子，也要重新开始人生。

不久，平亚丽报名在北京盲校学习系统的中医按摩。因为只能凭借触摸认识人的穴位，她晚上干脆和塑料模特睡在一起，确认穴位、脉络。

1999 年底，平亚丽借钱开了间按摩诊所。开张那天，她对儿子说："靠天靠地，都不如靠自己的双手吃饭光荣！"

第一天结账，平亚丽就发现了一张百元假钞。她伤心透顶，为客户服务了一个小时，居然倒找出去 75 元！人心怎能如此险恶！她哭了，儿子也哭了。

第二天一大早，大雨倾盆，有客户进门。平亚丽忙着招呼，对方却在门口忙了半天："我自己带了拖鞋过来。怕踩脏了，你不方便清洗。"简单的一句话，让平亚丽记到今天。

那晚，她把儿子揽到怀里说："儿子，这个世界有冷有暖，有善有恶。无论如何，我们都要有颗向善向上的心，就像森林里的树总朝向阳光，才能真正长高长大。"

凭借精湛的手艺和热情的服务，平亚丽的小店生意红火，儿子也成为出色的盲人按摩师，他常常为自己"拥有这样伟大的母亲感到自豪"。2002 年，平亚丽还清了所有的债务。2008 年，连锁按摩店已经开到了第三家，招聘了二十多位残疾人就业。平亚丽常常鼓励自己的同事："我们需要的不是怜悯，而是人们的平等尊重，所以更要自强不息。"

2008 年的残奥会开幕式，在灯火辉煌的国家体育场"鸟巢"，平亚丽作为中国第一个残奥会冠军，在导盲犬的引导下传递火炬，再次成为举世瞩目的焦点。

当初那个被打入生活低谷的女人，再次站到了下一个巅峰。

回望来路，平亚丽淡淡地笑了："人生需要认真思考、合理经营，人生又何尝不是一场奥运会，难免有惨败和意外，但心中始终充满阳光，就能赢得应有的幸福。"

只看到头顶的星辰

文/陈 敏

有这样一个孩子，父亲是"盲流"到新疆落脚的鞋匠，母亲操持家务，家中兄妹五人，最高学历就是高中肄业。生活平静而又平庸，谁都没有异议，除了他。

就这样过一辈子？等父亲老了，接过那个破旧的修鞋箱，走街串巷地只为讨口饭吃？在黯然失色的世俗之外，他有满腔的梦想，始终仰面向上，只看到满天的星辰。

18岁，他入伍当兵，觉得师长在部队里应该是最高级别，于是，定下了"199230师长计划"，就是1992年30岁的时候，他要当上师长！

他以优异的成绩考上军校，毕业时学校选送10位学生参加中越战争，他名列其中。前线的枪林弹雨，血雨腥风，让脆弱的人更脆弱，坚韧的人更坚韧。扣动扳机时，他总是想：等我回去，一定要干番事业，不然对不起这逃过来的一命！

回来后，他被派到某部担任指导员，专门主管生产经营。他带上七八辆车在乌鲁木齐和兰州之间往返，拉运物资，半年内就给单位挣了几十万元。他薪水不错，生活无忧，家人很是自豪。

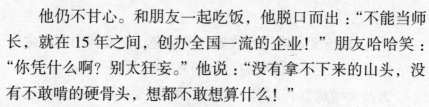

　　他仍不甘心。和朋友一起吃饭，他脱口而出："不能当师长，就在 15 年之间，创办全国一流的企业！"朋友哈哈笑："你凭什么啊？别太狂妄。"他说："没有拿不下来的山头，没有不敢啃的硬骨头，想都不敢想算什么！"

　　1989 年，27 岁的他婉拒了军校留校任教的邀请，揣着 3200 元复员费，又东借西凑三万多元，在新疆乌鲁木齐市创办了"广汇"公司：广纳百家之财，广交天下朋友。

　　1989 年公司开业后，他偶然看到四川工程机械厂和青海推土机厂的广告，招聘推销代理。这两个厂在新疆每年仅仅售出五六台机器。于是，他毛遂自荐，达成协议：每推销一台推土机，得到 2% 的佣金，卖不掉则分文不取。

　　他拿着一本全疆企业通讯录就上路了，吃的是自己背的半面袋馕和一罐辣椒面，睡的是 9 毛钱一晚的大通铺；到乡下和团场没有公车，偶尔能碰上卡车、马车，一般都是步行，鞋子都走坏了好几双。

　　10 个月里，他走了新疆十多万公里的路，凭着学过机械专业的底子，当过军事教员的口才，不怕吃苦的精神，卖出了 103 台挖掘装载推土机——这几乎是厂家在新疆 10 年的销售量。

　　得到一笔不菲的劳务费后，他并不满足，又瞄准了餐饮业。

　　当年年底，乌鲁木齐有家广东酒家因经营不善，濒临倒闭。他认准高档餐厅在当地大有市场，立刻找到对方负责人，谈了整整一夜，以 67 万元的价格盘下酒家，又从广州高薪聘请 5 位厨师，第一次在当地打出了海鲜牌。

　　吃惯了牛羊肉的新疆人，对活蟹鲜虾退避三舍。开业不久就亏损了十多万元。

　　在失败面前，他同样豪气冲天，并不临阵退缩，着手寻

找解决办法。

"从作战角度来讲，要攻破一个堡垒，先要找出两部之间的结合点，而且是最薄弱的点，作为主攻。"

他大大增加宣传攻势，最终让海鲜酒家起死回生，也让当地人熟悉了这个普通的名字：孙广信。

怀着一贯的干劲，他继续在乌鲁木齐开创"第一"：第一家卡拉OK厅，第一个游泳馆，第一个保龄球馆……劲头最足的时候，他竟然将产业全部卖掉，实现商业战略转移，于1993年初进军乌鲁木齐房地产。

朋友劝他："别乱折腾啊，这点产业也够了！"他说："只有更好，没有最好，敢想还要敢做！"

进入地产行业之前，他曾到当时名声显赫的地产公司打工，知己知彼，方能百战不殆。

当时国家收缩银根，大规模压缩基建投资项目，乌鲁木齐房地产界草木皆兵，一百多家公司，破土动工的不到10家。他坚持己见，不愿半途而废。危机，危险之中蕴涵机会。国家政策主要是给南方降温，新疆市场本来就冷，他相信政策对自己有利。

广汇就在逆势中大张旗鼓，迅速壮大，并建设起当时乌鲁木齐第一家最高的写字楼"广汇大厦"。时下，孙广信任广汇实业投资集团董事长，曾以6亿美元的身家居福布斯中国富豪榜第3位。

从修鞋匠的孩子一路走来，经历了很多坎坷，但他从不卑怯。只看到头上的星辰，忽略了暗夜潜伏的猛兽和脚底的泥泞，从战场到商场，从餐饮业到地产，始终充满斗志，才能成就梦想。

光明让我们仰望

文/罗　西

　　在南平市一村庄的菜地边，我看到一根不知名的青藤穿过三米多长的黑洞洞的电线包装壳后，从上端封口处的小缺缝探出头来，几片青翠喜悦的叶子，沐浴着阳光，比花灿烂！我不知它是怎样走出那段没有光线的憋屈的"黑色之旅"的。我想，光明，对每一个生命而言，都是一种永恒的召唤与牵引。

　　因为光明，生命就不迷路，从一粒千年前的种子、一只冬眠的青蛙到我们人类都有"趋光性"。生命之光，可以是阳光，也可以是一句温暖的激励。

　　美国纽约州第一任黑人州长罗杰·罗尔斯，出生在纽约州的一个贫民窟，那里的孩子逃学、打架成风，有的还偷窃、吸毒，无恶不作，长大了也鲜有能找到体面工作的。而罗尔斯则幸运地遇到了皮尔·保罗——他的小学校长。

　　其实，老师们也想尽办法哄孩子们回到课堂，劝他们不要打架，希望他们要有理想，但都无济于事。一天，校长蹲在孩子们中间，与他们一起做游戏，给孩子们看手相，"预测"未来。在那样恶劣的环境下，孩子们只沉沦于现在，根本不知道还有未来。当罗尔斯伸着小手害羞地递给校长时，保罗微笑地亲了一下他脏兮兮的手，再展开它，惊喜地说："我一看你修长的小拇指就知道，将来你是纽约州的州长。"这句话在罗尔斯幼小的心灵中明亮地划过，从小到大，只有奶奶让他振奋过一次。有一天，奶奶说他可以成为一艘五吨重的船的船长……

从此，罗尔斯记下了这句话，并坚信它。他学会每天与太阳一起起床，衣服不再沾满泥土，也不再说污言秽语，总是挺直腰杆走路，他成了班长。在以后的四十多年里，他没有一天不是按照一个州长的规范要求自己。那州长的梦，一直萦绕在心头，像一粒期待阳光唤醒的种子。51岁那年，他真的成了纽约州州长。

在就职典礼上，他说，校长的那句话，是人生旅程里招引他一直往前走的阳光，即使在黑暗的人生隧道里，因为有了光明带路，他才走出了少年的迷乱和青年的迷惘……

生命本身是盲目的，很容易迷失。但是上帝在创造每一样生命时也赋予生命一个本能：追光。学会把握每一缕明媚阳光的洗礼、接受每一个正面力量的鼓舞。

心中有光

文/马国福

有些诗句读了过目难忘。

"二战"时期，在纳粹集中营里有一个叫玛莎的犹太族小女孩写过一首诗：

这些天我一定要节省，我没有钱可节省，我一定要节省健康和力量，足够支持我很长时间。我一定要节省我的神经，我的思想，我的心灵，我精神的火。我一定要节省流下的泪水，我需要它们很长时间。我一定要节省忍耐，在这些风雪肆虐的日子，情感的温暖和一颗善良的心，这些东西我都缺少。这些我一定要节省。这一切上帝的礼物，我希望保存，我将多么悲伤，倘若我很快就失去了它们。

在食不果腹、朝不保夕的环境和条件下，玛莎仍然热爱着生命。她不怨天尤人，只是一点一点地聚敛心里的光。生命中有限的时间少了，但她心中的光却多了。她不畏惧厄运，她只是用自己稚嫩的文字给自己弱小的灵魂取暖；她不悲观绝望，她只是节省着自己的泪水和精神的火，用这些微弱的火烘烤自己所处的阴暗的角落。

这是天使的语言，乐观、豁达、坚强。字里行间充满希望，每一个诗句都富含金子的硬度，每一个笔画都贯串信念的力量。

英国浪漫主义诗人雪莱有这样一句诗："冬天来了，春天还会远吗？"即使你处在寒冷的冬天，只要你心中有光，你就能闻到春天的气息；即使你被逆境所困，只要你心中有光，头顶的乌云总会被它所射穿；即使你被挫折和失败100次打翻，只要你心中有光，你同样可以101次站起来，把苦涩的微笑留给昨日，用不屈的毅力和信念赢得未来。

海明威说过"人可以被撕碎，但不可以被打倒"，因为只要你心中有光，任何外来的不利因素都颠扑不灭你对人生的追求和对未来的向往。很多时候，击败我们的不是别人，而是自己对自己失去了信心，熄灭了心中那片有如火山般沉寂的光。

心中有光，那是信念的基点，那是力量的源泉，那是开启人生之路的探照灯，那是打开成功之门的金钥匙！

青春最曲的那一折

文/张 翔

那年的夏天，19岁的他在南方的那座荒乱的城市流浪了整整一年，彻底地绝望了。那个午后，他手里紧紧地捏着口袋里只剩下的最后的30块钱，心里全是酸楚和茫然。尽管早已经饥肠辘辘，他依然在谋划着如何花掉它。

那是他人生中最绝望的一个午后，思考良久，他做出了一个危险的决定。他去小店买了两瓶廉价的洗发水，准备"推销"出去。

他来到了一个破旧的小区楼下，环顾了一下周围安静的社区，然后深深地做了一个深呼吸。他来到一楼一户人家的房门前，敲了起来。房子里很快响起踢踏踢踏的拖鞋声，接着探出一个女人湿漉漉的头来。他还没有来得及说话，那妇女就吼了一句："搞推销的吧？以后别来烦我了。"说完，门就砰的一声关上了，他的身子被这突如其来的怒气震得愣了一下。紧接着，心里一股无名的愤怒升了起来。但是他仍然强迫自己又做了一个深呼吸，然后上了二楼。

他敲响了二楼一扇房门，久久没见动静。他的手开始颤抖起来。他把右手伸进了口袋，摸到了那根粗短的铁棒，思量着只要顺着木门的门缝插进去，顺势一顶锁销就可以了。他刚要掏出铁棒，忽然门有了动静，他浑身一抖——原来屋子里有人。

这时，一个和蔼的老太太出现了，老太太头上有着浓密而整齐的白发。老太太亲切地问道："小伙子，你有事情吗？"

他连忙说："婆婆，您要不要洗发水？"

老太太看了看他手里提着的洗发水，表情有些惊愕。但口中却吐出了一句："你手里的是什么洗发水啊？很好用吗？"

他暗地里舒了一口气，连忙说："海飞丝，最好的洗发水了，可以防止脱发，还可以让头发再生……"

老太太听了他的话，又一愣，然后微笑着说："你进来吧。"

他跟在老太太后边，踩着碎步就进去了。那是一套很老旧的房子，家具都是过时的款式，和老人一样显得亲切和舒适。他坐了下来，也不知道自己是哪里来的灵感，居然滔滔不绝地讲起洗发水来，说得天花乱坠，越讲他那原本慌得乱跳的心就越发平静下来。

老太太满脸微笑地听他讲着用这种洗发水的好处，他越发添油加醋地讲，老太太的眼中就越发闪烁着光芒。

讲了半天，他终于没有词了。这时，老太太站起来，转过身，忽然用手顺着额头抹了下去……

老人再转过身来时，他已经惊呆了。老太太居然是光头，她戴的居然是假发！

看着惊愕的他，老人忽然笑着说："小伙子，你一定很吃惊吧？你看我，因为化疗，头发早都掉光了……虽然我已经用不上你的洗发水了，但是我依然要买下你的洗发水。因为我觉得你说得太好了，我已经很久没有听人跟我讲起那么美好的情形了，你让我想起了有头发时的美好，你知道吗，我纟望得都要放弃了。你却让我又有了活下去的信心。你真是一个出色的推销员！"

说到这里，老人眼中早已经泛起了泪光。在口袋里掏了半天，终于掏出一张面额为 50 元的钞票递到他的手上，问他说："够不够？"

他浑身颤抖着说："够了，够了！"

……

他不知道自己是怎么走出老太太的房间的，他只觉得心里充满着感动，泪水模糊了眼前的一切……

从那天起，他从绝望里走了出来。后来，他果然成了一个很出色的推销员。搞推销的日子很苦，经常遇到挫折，但是他心中总有一股莫名的力量支撑着他勇往直前，直到走上一级级更高的台阶。他经常想，这一定和那个与绝症抗争的老人有关。因为她给了自己最大的肯定，也给了自己一个生活的道理，那就是——生活永远充满希望，只要内心坚强，再干涸荒芜的人生也能繁茂起来。

不幸是一块浮云

文/矫友田

那年，他经过紧张的复习之后，参加了高考。结果，在考场上突发严重的心绞痛，被迫退出考试，到医院接受治疗。

当时，返校复读的手续还有一些烦琐。尽管他的原因有些特殊，但是，最终还是放弃了复读。他的学习成绩一直比较出色，因此亲友和同学都替他感到惋惜。

他选择到一家养殖场打工。两年之后，他在村前的闲地建了几间简易的棚屋，购买了 50 只幼貉饲养。经过几个月的精心饲养，那些貉都长得很壮，毛皮也非常滑亮。然而，一场意外的瘟病，使他饲养的那 50 只貉无一幸免。

第二年，他又做了投资，一下购买了 100 只幼貉。结果在秋后快要"收皮"时，一场数十年不遇的暴雨，引发山洪，使得村前那条河道洪水漫溢。转瞬之间，他的养殖场便被洪水吞没了。幸亏他有些预感，在洪水下来之前，他逃离到安全地带，才躲过一劫。

一连遭遇这么多不幸，朋友纷纷到他的家中劝慰他，并表示同情。而他却坦然地笑道："现在，我站在村头，看着仍未退下的洪水，忽然发现自己很幸运。如果那天夜里，我一直睡在屋子里。肯定已被山洪卷跑了，而我连游泳都不会。"

不久，他借钱买了一台制帮机，为附近一家鞋厂加工鞋帮。这一次更倒霉，他加工了半年之后，那家鞋厂因为经营不善倒闭了。老板不仅欠下了工人数月的工资，而且他那半年多的加工费也因此打了水漂。

这个时候，一向不迷信的父亲，竟然背着他，求人给他算了一卦。卦里说他年轻时时运不济,45岁之前很难有所作为。于是，父亲坚决让他把那台制帮机处理掉，以后安心帮家里护理果园。

听了父亲的劝告之后，他很认真地对父亲解释说："我并不是看不起咱种果树，我只是认为自己还能做一些别的事情。尽管现在看来，我是霉运连连。但是，我想不幸就像咱山里头的浮云一样，大不了下一场雨或冰雹，很快就会过去的。"

此后，他多次毛遂自荐到镇上一些规模较大的鞋厂里去寻求合作。他的诚意终于打动了一家鞋厂的老板，答应将一部分鞋帮交给他来加工。因为由他加工的鞋帮，质量过关，交货及时，很快赢得了那家鞋厂老板的赏识，并决定将大部分鞋帮交给他加工。

他果断地筹资，一下购买了10台制帮机，并雇了十几个工人。一年之后，他还清所有借款，而且还把合作的厂家拓展到了7家。

然而，他并没有因此满足，而是亲自到一些合作的厂家去，虚心跟人家讨教做鞋的工艺和经验。同时，他也开始投资其他做鞋的设备。

一年半之后，当第一双成品皮鞋从他的厂子走入市场时，他的厂子已经有了六十多名工人。又经过几年奋斗，现在刚38岁的他，已拥有了一个固定资产近千万，职工一千三百余名，年利润超过 500 万元的鞋厂。

在他办公室的墙壁上，始终挂着这样一幅"墨宝"：不幸是一块浮云。毛笔书写的大字，在洁白墙壁的映衬之下，显得异常苍劲有力。

不幸的确是一块浮云。那么，从现在起，就让我们坦然地敞开胸怀，接受一次风雨或冰雹的洗礼吧！在希望与勇气面前，一时的不幸和挫折算得了什么呢？

只要心中充满阳光，不幸的浮云迟早会从我们的头顶消散。

再破的盆里也能
开出美丽的花

文/苇 笛

自从八岁时的一场车祸使她只能一瘸一拐地走路后，自卑就如山一样压得她抬不起头来。她一年年的长大，也一年年的沉默。

就这样一路读到了初二，她的班级来了位朱老师。一天，放学后她正整理书包准备回家，朱老师走了进来。

"小樱子！"老师亲切地叫着她的小名，"你能帮老师一个忙吗？"

"什么忙啊？"她紧张地问道。心里充满了莫名的惊恐。

"老师想请你帮忙给花浇浇水，老师太忙了，小樱子来帮帮老师好吗？"

"好的！好的！"她激动得脸都红了。

朱老师家的院子里摆满了丁香、凤仙花……她特别偏爱的，却是一株不认识的植物。它有着清秀挺拔的枝干，长着狭长的叶子……她一直渴望知道，它会开出什么样的花。

终于有一天，当她再次给它浇水时，惊喜地发现，花开了。那是一朵纯白的喇叭形的花，优雅地立在枝头，如天鹅般顾盼生姿……

"好看吧？这是百合。"不知何时，老师已走到她的身边，轻轻地揽住了她的肩膀。她无言地点了点头。"它的花盆好看吗？"老师接着问。

她下意识地注视着花盆。那是一只废弃的脸盆，锈得连边都没有了。

"一盆花，能开成什么样子，起决定作用的是种子，而不是花盆……"老师温柔地对她娓娓道来。

那一刻，似乎有一束强烈的阳光，照亮了她布满阴霾的心。从那以后，她就像换了个人似的，成绩突飞猛进，优秀得令人望尘莫及……

大学毕业后，她参加了一家著名企业的招聘，有幸进到最后的面试。面试时，主考官突然问道："作为翻译，仪表是十分重要的，请问你如何看待自己的残疾？"

她坦然一笑，从容谈起为老师浇花的经历。最后，她说："这么多年来，我一直记得老师对我说过的那句话：决定一盆花的，是种子，不是花盆。而我自己想说的是，决定一个人的，是她的心，而不是她的相貌。"话音刚落，掌声便响了起来……

只要心不死

文/田 野

记得小时候，每年秋天，母亲都要购回很多大葱，放在露天阳台上，平时用一棵就取回一棵。冬天到了，我对母亲说："是不是应该把葱拿回屋里，别冻坏了。"母亲说："不怕，冻不坏的。不但冻不坏，来年春天，你把它们栽进土里，还能长出绿叶儿呢！"

我有些不信。普普通通的葱怎么可能这么神奇？

春天来了，我迫不及待地取回一些葱，发现它们已经被冬天的风雪冻得不成样子了，瑟缩着身子，似已失去了水分，不消说发绿叶，恐怕连吃都不能了。"妈，你看葱都冻成这样了，还能活吗？"母亲微笑着鼓励我栽几棵试试。

半信半疑地，我在一个花盆里栽了几棵"冻葱"。谁想，不到半月，我发现有的葱竟真的鼓出了绿叶儿！那绿意中虽带着点疲惫的鹅黄，但却充满了新生的活力，令人赏心悦目。

我惊讶地跑去问母亲："这是怎么一回事呢？冻死的葱还能复活？"

母亲说："你把阳台里的葱再拿来几根，剥开葱皮看看。"

剥去一层层的葱皮，我惊讶地发现，这些葱虽已冻得瘦弱、干枯，但裹在最里面的葱心，竟依然还是绿的！

"只要心不死，就一定能等来春天！"母亲抬头看我一眼，淡淡地说。

倏忽间，我一下子想明白了。原来，那些被随意放置在露天阳台里的葱，并没有向冬天的风雪屈服，它们在用尽全身的力气保护着一颗绿色的心灵，顽强地等待着漫长的冬季过去，痴心地等待着生命中的春天来临！

那一刻，我忽然间感觉自己长大了许多。

很多年过去了，我经历了人生的风霜雨雪，不断地遭遇挫折，也不断地破茧重生。虽然磨难重重，但我却从未向命运低过头，而是一直在以积极、乐观的人生态度坦然应对。因为我还一直记得那天母亲对我说过的那句话："只要心不死，就一定能等来春天！"这时我才发觉，它是那么地意味深长。

成为最好的木材

文/韩 冬

父亲是小学教师，近水楼台先得月，我比同龄的孩子早两年上了小学。虽然在班里我的岁数、个头都最小，但我的成绩却总名列前茅。每学期结束，我都能得到"三好学生"的奖状。父亲对此仿佛满不在乎，可我还是看出了他隐藏着的自豪和骄傲。

初三下学期刚开学，我突然生了一场病。休学了近两个月。当我病愈返回学校时，发现我比别的同学落后一大截，不管我怎么努力追赶，期中考试的成绩还是仅居中游。这就是说，我离考上重点中学的目标差得太远了。我非常苦恼，暗暗怀疑我是不是读书的"料"。

一个阳光灿烂的早春午后，我和父亲站在院子里聊天。身边的几棵柳树被围墙保护着，几乎不受风吹，可它们长得畏畏缩缩，弯弯扭扭，很不成样子。父亲不动声色地看了看我，要我陪他出去走一走。走到村西头的河堤上，父亲停了下来。他眯起眼睛向上望。顺着他的目光，我也抬起头来：只见一排排的白杨树生机勃勃，直刺云天。这些树粗壮结实，好像村庄的卫兵，抗拒着吹向村庄的风。

小学生励志故事朗读本

父亲问我："我们家的柳树为什么长得比这些大堤上的白杨树差得那么多呢？"我凝望着父亲，好一会儿才说："树种不同吧。"父亲意味深长地对我说："树种固然是一个原因，更重要的，好的木材不会出自庭院，只有处在迎风口的那些木材才长得壮实。因为风激起了它们的斗志，它们才有了不屈服的勇气，迎难而上的渴望。正是这种渴望，让它们发挥出了全部潜能，顽强生长，长成了参天大树，风越强，树越壮……"

我认真地看着父亲，忽然明白了他的良苦用心。这之后，我渐渐调整了自己的状态，又找到了当初的感觉，成绩也一步步地不停上升。

是啊，在人生的旅途中，我们时常要遭遇挫折，如果一遇到困难就怀疑自己，甚至要放弃，那就永远不会成功。只有越挫越勇、永不放弃，才能成长为最好的"木材"！

成败只差一句话

文/蒋光宇

有这样一个小故事：

有一个三口之家，夫妻俩带着一个5岁的孩子。他们决定搬进城里去住，于是到城里找房子。他们跑了一整天，直到傍晚才看到一张比较适合自己的公寓出租广告。他们赶去看过房子之后，感到非常满意，便兴高采烈地找到房东，很有礼貌地问："我们是三口之家，这房子可以租给我们吗？"

房东是个年近古稀的老汉，他遗憾地说："啊，实在对不起，我们公寓不招有小孩子的住户。"

夫妻俩听了，一时不知如何是好，最后只能无可奈何地走开了。

5岁的孩子把事情的经过从头到尾看在眼里，一边跟着父母走一边想："难道真的就没有办法了吗？"走出十几米之后，孩子忽然转身跑了回去，用小手又敲响了房东的门。

门开了，房东有些奇怪地问："有什么事情吗？孩子。"

孩子精神抖擞地说："爷爷，我才5岁，没有孩子，只带着两个大人，爸爸和妈妈，这房子可以租给我们吗？"

房东听后，高声笑了起来："这孩子真是聪明可爱，可以，可以，我决定把房子租给你们住了。"

　　在人与人的交往中，成败只差一句话的情况屡见不鲜，不胜枚举。或者是差在谁在说，或者是差在说什么，或者是差在怎么说，或者是差在别的什么方面。

　　上面这个小故事可以说明一个带有普遍性的道理：不可小看一句话的力量，特别是当我们在遇到挫折的时候，一定要力争找出能够反败为胜的一句话。

第 六 辑

别怕，黑暗一捅就破

BiePaHeiAnYiTongJiuPo

告诉自己：我能行

花儿的秘密

文/顾晓蕊

当年的他，曾经是位顽劣少年。父亲是精明的生意人，拥有几家连锁超市，含着银汤匙出生的他，深得家人的宠爱。在校园里，"哥们儿"众星捧月般围绕着他，他们聚在一起嬉笑打闹，吹着轻飘的口哨。

他天生聪慧过人，却不肯用心读书，成绩不好也不坏。16岁那年，他的生活轨迹发生改变，父亲的事业滑向低谷，母亲在争吵中离开了家。过去的朋友纷纷躲避他，去追逐新的时尚偶像，他一时跌入悲凉的境地。

班主任知道了这个情况，放学后，轻轻地拍着他的肩膀，说："我们到校园里走走吧。"她在前面走，他紧随其后，显得心神不宁。路过一片花圃，缤纷的花儿抱成团，连成片，在阳光下绽露欢颜。

老师停下脚步,说:"你看,多美的花。"他的眼睛望向别处，苦笑了一下。又是一个艳阳天，春姑娘提着裙裾款款而来，他的心空却依然灰蒙蒙，阴郁而清冷。甚至，他想过中断学业，带着梦想去流浪。

"你知道花儿的秘密吗？"老师的话如一缕轻柔的风，吹进他的耳畔，"每朵花，要忍受多少寒冷寂寞，经历多少苦痛折磨，才能迎来生命的春天。"他愣住了，表面平静，内心涌动。老师拉着他的手，接着说："关键是要坚持、要忍耐，没有什么力量，能挡得住花的开放。"

老师的话像一缕阳光，融化了他心底的坚冰。此后，老师利用业余时间给他补课，帮助他重拾自信，陪他走过最难挨的一段岁月。"我不想让老师失望，不能让别人瞧不起。"他在心里一遍遍地念叨。两年后，他终于凭借实力，考上了理想的大学。

他拿着录取通知书，跑到老师面前，激动得连声道谢。老师微笑着凝望他，一字一顿地说："今后的道路还很长，你要记得，一枝独放不是春，万紫千红才是春。"他重重地点头，记住了老师的教诲。

大学毕业后，他成为一家企业的管理人员，有了固定的工作和收入。每个周末，当同事去郊游和购物时，他却一趟趟跑到儿童福利院。做义工期间，认识了六岁的女孩蔚文舒。文舒患有先天性心脏病，认识他之后，苍白的脸上多了些笑容。

他陪文舒做游戏，给她讲生活中的趣闻，尽量满足她的小小愿望。其实，文舒的愿望总是很低很低，一盒蜡笔或一个蝴蝶发夹，就能让她欢喜半天。不知从何时起，文舒开始盼望他的到来，每次见到他，眼里尽是蜜一般的微笑。

有一次，文舒和几个孩子跑着玩，被撞倒在地，昏了过去。他刚好赶到，匆忙打电话急救。文舒醒过来后，他心疼地说："以后要乖，不能剧烈活动哟。"没有想到，六岁的文舒这样回答他："哥哥，有你陪着，我不再孤单，我会好好活着。"

在回去的路上，想起文舒稚嫩的童音，他忍不住潸然泪下。他也曾从孤独绝望里走过，知道困境中的孩子需要的是爱与信念。他从老师那里得到了最好的爱，现在他要做好爱的接力，陪她们走出自卑、孤寂和迷惘。

　　我们不能左右命运，但可以让内心开花。每朵花都开满了智慧，蕊如帆，瓣作舟，在风雨中兀自妖娆。人要像花儿一样活着，不管根植于怎样的土壤，都努力地绽放，带给人间一缕清香。

绝境中的考验

文/矫友田

山火发生得很突然。

当时，他正和几个小伙伴瞒着大人，偷偷爬到后山上采摘红果儿。起初，山火并不大，但是因为气候干燥，再加上后山上草木茂密，火势很快朝他们蔓延过来。

浓烟和热浪，顿时将深秋初降的冷气湮没了。

当那一群孩子发现山火像一条巨大的火龙，打着卷儿朝他们扑过来的时候，一个个惊恐万分，就像被猎犬追赶的野兔一样。他们一边喊叫着，一边疯狂地朝山顶逃去。为了不被身后扑将上来的山火包围，他们将采摘的红果儿全部扔掉了。

他们原本认为，翻过那一道石壁到达山顶之后，就会避开山火，进入安全地带。然而，当他们狼狈不堪地爬上山顶之后才发现，山火好像故意跟他们捉迷藏似的，刚才竟在他们的身后绕了一个弯子，继而，从侧面扑了上来。

浓烟将天空搅得一片灰暗，根本分不清下山的路，更不知道该往哪个方向走才能避开山火。除了他，剩下的那几个孩子都惊恐而绝望地哭喊起来。

但是，他们的哭喊声，转瞬之间便被山火席卷草木所发出的杂音吞没了。山火距离他们越来越近了，他们感觉仿佛置身在一个硕大的火炉里一样。

这个时候，可能是因为恐惧至极，他们反而停止了哭喊，一个个都呆呆地站在山顶上，如同木雕泥塑似的。

蓦然，他发现脚下草丛里有一些还未僵死的蚂蚱、蝈蝈等小昆虫，竭尽全力地朝一个方向涌去。

"它们一定预感到了，灾难降临到了眼前！"在这个念头闪过之后，他已经顾不得犹豫，立刻吩咐小伙伴们赶快撒尿，像他一样用手掌将尿液接住，并浇到自己的头发上。然后，他镇定有力地喊道："我认识路！你们赶快跟我走！"

果然，那些小昆虫能够"趋吉避凶"。一个小时后，他们平安抵达半山腰的安全地带，没有一个小伙伴掉队。只是，他们虽然已经各自往头发上浇了尿液，但是头发仍被烧焦了不少。他们的家长和前来帮助寻找他们的乡亲，悲喜交加地扑上前来，将他们紧紧地抱住。依偎在母亲怀里的时候，他忍不住哭了。

然后，他告诉了母亲：其实刚才在山顶上的时候，他也很害怕。但是他不敢表露，他害怕小伙伴们因此而失去逃生的信念。他也不敢告诉他们，在被山火围困的时候，其实他也分辨不清方向，刚才只是跟着那些昆虫逃生的方向走。

母亲一边抱紧他，一边哽咽着说："孩子，你很了不起。从现在起，你已经变成了一个真正的男子汉！"

那一年，他才13岁。

现在，已身为一家大型集团公司总裁的他，在每一次欢迎新员工的会议上，他都要讲一遍这个发生在32年前的故事。

然后，他就会语重心长地对那些新员工们说："你们一定要对工作和生活充满希望。无论身陷何种困境，都应该相信自己能够战胜所有降临的厄运！我就是32年前的那个小男孩！"

"无助"的力量

文/无字仓颉

一个小姑娘，从小热爱跳舞，家里也不惜花大价钱送她去好的舞蹈学校学习。八岁那年，发生了一场意外：她在马路上走，不老实，转圈儿，一辆汽车从后面冲过来，她躲闪不及……手术后，腿总算保住了，可主治医生说，以后怕跳不成舞了。这话无意中被小姑娘听到了，她一下子变了个人，不再开口说话，除了睡觉就是发呆，拒绝与任何人交谈，把自己封闭起来了。看到她这个样子，家人都非常担心。老师同学们听说了，也时常利用课余时间来看她，试图帮她走出阴影，可收效甚微。

久而久之，周围的人逐渐放弃了与她沟通的打算。

术后愈合情况也不太好。她压根儿不配合治疗。医生对家里人说，照这样下去，怕最后连正常走路都成问题。

一次午后，护士阿姨推小姑娘到后花园晒太阳。放下轮椅，护士阿姨离开了，留小姑娘一个人待着，一个小时后再推她回病房。阳光很好，天也很蓝，没有一丝风，太阳照在身上暖洋洋的。这一切，在小姑娘眼里，不再有过去的美丽。对她而言，只是换个睡觉的地方。

突然，草坪上一个什么东西引起了她的注意，使她暂时赶走了困意。地上一个蠕动的茧。茧上似乎有个很小的洞。她好奇地仔细观察，看到一只蝴蝶幼虫正在里面，很费劲地想从那个洞里钻出来。但徒劳挤了半天，就是钻出不来。小姑娘一下子被吸引住了，目不转睛地盯着看。蝴蝶似乎放弃了，再也没动静。小姑娘的泪下来了。她觉得，自己就跟这只蝴蝶幼虫一样，正被一层厚厚的茧包裹着，无法伸展，无法看到外面的天空。世界遗弃了她们。

　　小姑娘使劲将轮椅摇到跟前，决定帮一帮蝴蝶。她拿出父母给她剪纸玩的剪刀，把茧从中间剪开了。蝴蝶很轻松地爬了出来，阳光下，抖动着身子，像跟这个新世界问好。小姑娘很高兴，觉得自己还有用途，还可以帮助别人。她决定看着这只小蝴蝶展翅高飞。可等了半天，小蝴蝶还是没有反应。它的身体很快干枯了，翅膀又烂又小。它挣扎着，终究没有飞起来，最后永远地趴在地上了。

　　小姑娘哭了，哭得很伤心。她后悔没有早把小蝴蝶解救出来。它一定是累极了，失去了展翅飞翔的力量。

　　护士阿姨回来了。看到小姑娘伤心的样子，吃了一惊，以为是伤口出了变故，一问才知道缘由。护士阿姨笑着说，傻孩子，你好心办了错事了。蝴蝶这样千辛万苦不断努力，其实是为了把身上的湿气挤到翅膀里，让自己拥有一对强健的翅膀，等来日自己身体完全成熟了，它就可以破茧而出自由飞翔了。

　　哦，原来是这样啊！小姑娘明白后，更后悔了。是她的"拔苗助长"害了小蝴蝶。不过，经过这次失败的营救，也使她明白了：挫折和磨炼是成长的必经过程，人不能总在呵护里长大。要想飞得更高更远，就得经受住考验，练就一双坚硬的翅膀！无助，往往能产生力量！

　　从那以后，小姑娘变得开朗了，笑容又重新回到脸上。

她的腿恢复得很快。她又重新回到了老师和同学们中间。几年后，她以独创的舞姿出现在舞坛上，世界为之惊艳。

她就是"现代舞之母"——伊莎多拉·邓肯。

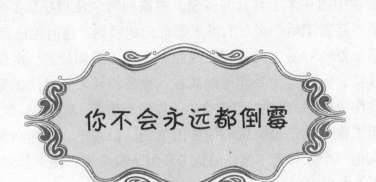

你不会永远都倒霉

文/李 愚

这是一个美国人的履历：22岁，生意失败；23岁，竞选州议员失败；24岁，生意又一次失败；25岁，当选州议员；27岁，精神崩溃；29岁，竞选国会议员失败；31岁，竞选选举人失败；34岁，竞选参议员失败；37岁，当选国会议员；39岁，国会议员连任失败；46岁，竞选参议员失败；47岁，竞选副总统失败；49岁，竞选参议员两次失败；51岁，当选第16任美国总统。

他就是亚伯拉罕·林肯。从林肯的履历表可以看出，他一生中失败占了大多数，但他最终却成为美国历史上最伟大的总统之一。

1962年，一批著名的历史学家聚集美国，把到当时为止的31位总统分为伟大的、接近伟大的、一般水平的、低水平的和最差的5个档次。这次投票选出的5位伟大总统中，林肯名列榜首。

这是一个西班牙人的履历：他出生在一个穷医生家里，小时候没受过良好的教育；23岁参军，在战斗中身负三处重伤，被截去了左手；拿着元帅的保荐书做着将军美梦的他，却在

归国途中遭遇了土耳其海盗船，被掳到阿尔及利亚；在那里做了 5 年苦工后，亲友们终于筹资把他赎回，这时他已经 34 岁了；好不容易在无敌舰队找到一个军需的职位，一次他下乡催征，因不肯为乡绅通融减税，被乡绅诬陷入狱；出狱后他改作税吏，一次他把税款交给一家银行保管，偏偏银行倒闭，他第二次入狱；出狱后的他贫困潦倒，而妻子、妹妹和女儿都靠他一个人养着；他住的地方环境十分恶劣，楼下是酒馆，楼上是妓院，一天，酒馆里有人斗殴，一人倒在地上奄奄一息，他出于同情把那人背到家，谁知人未救活却涉嫌谋杀，他第三次入狱；此后不久，他的妻子死去，他又因女儿的事被法庭传讯。

他就是西班牙作家塞万提斯。这个两次被俘三次入狱、命运从来不曾眷顾的倒霉蛋，没有被倒霉的境遇打倒，而是凭着对生活的反思和斗牛士的精神，写出了闻名世界的巨著《堂吉诃德》。

1605 年，《堂吉诃德》第一部出版，立即风行西班牙，一年之内竟再版了 6 次。《堂吉诃德》第二部于 1615 年推出，该书几乎被译成各种文字，广泛流传于世。欧洲一些著名文学评论家说《堂吉诃德》是"人类历史上最伟大的作品"，塞万提斯因此被誉为"西班牙文学世界里最伟大的作家"。

任何人的一生都充满了坎坷与机遇，成功的关键在于你是否能越过坎坷，抓住机遇。你不会永远都倒霉，咸鱼终有翻身的一天，鲤鱼迟早会跃过龙门，关键在于你是否有足够的勇气和耐力坚持下去。

告诉自己：我能行

阻力的价值

文/张小石

我是在溜冰场听到这个故事的——

溜冰教练小时候生活在大兴安岭边的乡村里。冬天来了，湖面结冰，孩子们在上面玩得不亦乐乎。

有一天，一个大孩子提议：去湖对面的小山上玩打仗游戏。大家都赞同。为了抄近道，他们需要穿过湖面。教练穿的是解放鞋，橡胶底，踩在冰上很滑。其他孩子穿的是布棉鞋，走得稍稍快一些。

整个湖面大约一公里宽。那个下午，教练走得相当艰难，不知摔了多少跤。到达岸边时，全身冒汗，累得气吁吁。看看电子表，竟然走了半个小时。

大家在山脚下休息一会儿，约定一起向山头"冲锋"，谁先占领谁就赢了。教练看看山，高度不过六百米，但沿着斜面爬上去，大约也有一公里，和湖面的宽度差不多。当时他想，山坡乱石成堆，比湖面更难走，估计得40分钟才能到顶。

冲锋开始，孩子们大呼小叫地爬山了。教练鼓足劲向上跑，虽然不时摔一跤，但比起其他孩子，他也没落后多少。爬山不比走路，大家很快就体力不支，只能放慢脚步。

教练走走爬爬，渐渐丢下许多伙伴，心中很得意。看着看着，山顶近了，教练再次鼓足劲，一口气向上走去，终于第一个到达山顶，夺得"冠军"。那时，他下意识地看看电子表——只用了 21 分钟！

　　相似的距离，过光滑的湖面用了 30 分钟，而爬上山顶只要 21 分钟，为什么呢？教练说："是粗糙路面的摩擦产生的阻力'成就'了我。"

　　其实人生也可以比作一公里的旅程——没有阻力的人生可能就是一个光滑的冰面，而有阻力的人生就像爬山，哪一个更有益于我们？恐怕还是有"阻力"的那个。

告诉自己：我能行

世上没有绝望的处境

文/姜钦峰

他是一名歌手，名不见经传。1993年，他带着梦想只身闯荡北京。举目无亲，形影孤单，他过着流浪般的生活，与他相伴的只有那把心爱的吉他。

在陌生的北京城，歌手孤身奋斗。凭着自己的实力，他在北京的歌厅站稳了脚跟，每天奔波于各大歌厅。由于每天要唱歌至午夜，只有白天才有时间休息，他过着近乎黑白颠倒的生活，疲惫不堪。为了自己的歌星梦，他咬牙坚持。这一唱就是8年，靠着自己的勤奋和出色的嗓音，他已小有名气，出场费达到5000元。这在当时是个不小的数字，现实与梦想近在咫尺，几乎触手可及。

没有任何预兆，灾难不幸降临。由于用嗓过度，歌手的声带上长出异物，他到医院做了手术。医生告诉他，要3个月以后才能唱歌，这对于以唱歌为生的他来说几乎不可能。几天之后，他又试着唱歌，却导致声带出血，无法发音。诊断结果是，声带严重撕裂，无法修复。他清楚地知道，自己的嗓子永远嘶哑了，再也无法像从前那样唱歌了。

心理创伤远远大于生理创伤，突如其来的打击，几乎把他推入绝境。难道自己的歌唱生涯就到此为止了？难道自己的梦想已经变得遥不可及了？他不甘心。他想，天无绝人之路，只要我嗓子还能发音，就要唱下去。他没有消沉，潜下心来，仔细分析自己的嗓音特点，创作了一批新歌。然后，他从零开始，不断地尝试新的曲风和演唱技巧。

事实证明，他成功了。凭着自己嘶哑而富有磁性的嗓音，他征服了亿万歌迷，人气急升，一跃成为国内一线当红歌星。2003年春节联欢晚会上，他受到邀请，登台献歌。

塞翁失马，焉知非福！

世上没有绝望的处境，只有对处境绝望的人。成功从来只青睐勇敢的智者。这一点，歌手用自己的行动做出了有力的证实，他的名字叫杨坤。

痛苦是一颗珍珠

文/矫友田

有这么一则寓言：在一条清澈的河里，生长着很多河蚌。有一天，它们聚在河边晒太阳，其中一只河蚌说："我的身体里面有个极大的痛苦。它是沉重的、圆圆的，我遭难了。"

听了之后，另外那些河蚌都骄傲地说："赞美上天也赞美河流，我们身体里面毫无痛苦，我们里里外外都很健全！"

此时，恰巧一位智者从旁边经过，并听到了它们刚才的谈话。智者便对那些骄傲的河蚌说："是的，你们是健全的，然而，你们知道吗？它体内承受的痛苦，是一颗异常宝贵的珍珠啊！"

S君是一家电子科研公司的老总，他在公司创立3周年的纪念日上，坦诚地跟下属谈起这么一件事情：有一个男孩出生在一个贫困的小山村里，他从小就有一个志向，希望通过自己的努力来改变命运。

在他刚升入县城一中的时候，他的父亲病故了。当时，他便产生了退学的念头，帮助母亲一起承担家庭的重担，照顾妹妹。然而，当他在母亲面前说出自己的决定时，从未打过他的母亲，竟狠狠扇了他一耳光。

为了供他念书，他的母亲省吃俭用，在连续五年多的时间里，从未添置过一件新衣服。这个男孩很争气，5年之后，他以优异的成绩，考进了省城一所有名的电子专科大学。

上大学之后，那个男孩为了能够减轻家庭的负担，在休息日，便利用自己所学的专业，到电子信息城的一些公司打工。

在3年的假期里，他只回过一次家。也就是在那一次回家，他用打工挣来的钱，为母亲买了一件上衣。当母亲穿上那一件新衣服的时候，忍不住哭了。他和妹妹，也失声哭了起来。尽管平时，他是那么强烈地想念母亲和妹妹，但是为了能够节省下路费，另外他还可以借放假这段时间，为一些电子科研公司做推销员。

大学毕业之后，他应聘进入一家科研公司工作。他出色的工作业绩，深得公司老板的赏识。4年之后，已积累丰富经验的他，毅然从那家公司辞职，独自出来创业。而3年之后，在他的努力打拼之下，他的公司固定资产已经过千万，手下有三百余名员工——

说到这里时，S君的眼睛湿润了。尔后，又微笑着说："我就是从前那个贫穷的男孩。"

那些下属们，都被老总的经历和坦诚深深感动了。

然后，S君意味深长地说："当你置身于痛苦的时候，只要坚持下去，你就会发现从前的痛苦，对于你的一生，将是一颗宝贵的珍珠！"

痛苦的滋味固然令人难以承受，但是当它真正降落到我们面前的时候，只有勇敢地面对并坦然地接受。痛苦在折磨一个人的同时，往往会使他（她）的意志愈加坚强，生活积累愈加丰厚。有一位哲人曾经说过："一个没有经历过痛苦的人生，是不完整的！"

当你走出痛苦的阴霾，迎来灿烂朝阳的时候，你就会惊喜地发现，那些曾经的痛苦已经凝聚成一颗珍珠，在你的手中，熠熠生辉！

别怕，黑暗一捅就破

文/朱成玉

那时，我正处于人生的低谷。由于决策上的失误，公司面临重大的危机。我召集公司所有的智囊商量对策，但没有一个人能走出一步好棋。此时的命运，就像一个坐在对面的高深弈者，总能识破我的一招一式，令我节节败退，四面楚歌。

我吩咐秘书推掉所有的电话，把自己关在一个漆黑的屋子里。为了防止自己崩溃，我放了一首比较轻松的曲子。尽管如此，一种大难临头的恐惧依然无边无际地蔓延着。

老父亲知道了我的困境后，把自己辛辛苦苦积攒的养老钱全部拿了出来，让我解燃眉之急。但那点钱对于公司来说，无异于杯水车薪。

父亲在外面敲门，敲了足足有一个钟头，我依旧无动于衷。父亲急了，用拳头一下子砸碎了玻璃，光亮一下子就照了进来。

我给父亲包扎手上的伤口时，他缓缓地说道："黑暗不可怕，你看，我一拳头就把它砸跑了吧。"父亲话中隐含的意思我当然知道，这让我想起了很多年前的一件往事。

那时候我还很小，好像只有 8 岁。当时我们国家与苏联的关系十分紧张,战争似乎一触即发。全国上下都在忙着备战。

家里也买了一大口袋饼干，以应不时之需。一天，广播里通知敌机很有可能在夜里飞过我们城市的上空，为了防止被敌人的飞机看到可以袭击的目标，各家各户都不准点灯，窗户上要糊满纸，不能有一点光亮。

那个夜晚，所有的房子里都黑着，外面也是一片黑黢黢，阴森而恐怖。

大人们聚到院子里，忧虑地望着天空，甚至连烟卷都不敢抽，气氛紧张到极点。我们则躲到了屋子里，大气不敢出，更是害怕得要命。父亲说："孩子们，别怕，黑暗马上就会过去的。"为了缓解我们的紧张情绪，他给我们讲了一个个轻松的故事。渐渐的，那种紧张而恐怖的心情缓和了下来。警报解除的时候，院子里的人们点起了篝火庆祝。父亲用手指捅破了窗户纸，火焰一下子照亮了我们。"看，黑暗并不可怕，它一捅就破。"他欣喜地说道。

父亲并未给我带来智慧的"金点子"，帮我力挽狂澜渡过难关，但为我带来了一根"乐观"的拐杖，使我拍拍尘土爬起来，在如潮的黑暗中看到丝丝曙光，度过了那最为艰难的一段时间，也令公司重新走上了光明之路。

每个人的人生都会或多或少地经历一些黑暗，面对那些黑暗，亚瑟王悲观地说："我不相信有天堂，因为我被困在这个地狱的时间太长了。"泰戈尔却乐观地说："如果黑暗中你看不清方向，就请拆下你的肋骨，点亮作火把，照亮你前行的路。"但比这些名言更让我记忆深刻的，永远是父亲那句朴实的话：别怕！黑暗一捅就破。

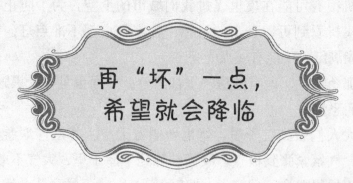

再"坏"一点，希望就会降临

文/张达明

　　克劳德·史金斯，从小智力低下，学习成绩一塌糊涂，但总算凑合上了高中。父母眼见得儿子上大学无望，希望他能在体育上有所发展，便托人把儿子弄到学校篮球队。但克劳德·史金斯低能的智商很让教练失望，动作总是不得要领，一个简单的罚球动作，就够他无休无止地练习了，他因此被大家送了个绰号"出色的罚球手"。

　　那是一次很重要的比赛，克劳德·史金斯所在的球队被对手打得落花流水，队员和教练已无心再战，但比赛还是要打完的，有队员建议教练，反正也打不赢，就让从未上过场的克劳德·史金斯去露露脸。

　　克劳德·史金斯兴奋无比地披挂上阵了，一有罚球，队员便把球传给他，他虽然信心百倍，但每次总是把球投丢，如此反复，他却乐此不疲。以至后来，对方队员竟和他开玩笑，把自己队的罚球也传给他，但他不管不顾，依然专心投篮，球仍屡投不进。尽管如此，观众还是以热烈的掌声鼓励他，这让克劳德·史金斯更加兴奋。就在离终场最后 3 秒钟时，奇迹出现了，克劳德·史金斯又接到一个传球，他不慌不忙，

告诉自己：我能行

微笑着把球投了出去，只见那球在空中划过一个漂亮的弧线，然后稳稳当当地落进了篮筐内。顿时全场沸腾了，观众起立为克劳德·史金斯欢呼鼓掌，他也为自己有生以来投进的第一个球欣喜若狂，激动得脱掉了上衣，一边高喊挥舞，一边满场狂奔。

赛后有评论说，克劳德·史金斯无疑是此次比赛的最后赢家。

就是那唯一的进球，让克劳德·史金斯的人生发生了翻天覆地的变化。高中毕业后虽屡遭磨难，但他总把最后 3 秒钟创造的奇迹当作激励奋斗的灯塔。他坚信，自己一定是笑到最后的那个人。

当地电视台有个《非 9 点新闻》栏目招聘演员，克劳德·史金斯勇敢地去应聘，有人讥笑他自不量力，他仍憨厚地笑着我行我素。他滑稽幽默的表演，让导演喜不自禁，当即拍板录用了他，并让他担任主演。他主演的《憨豆先生》几乎一夜之间风靡全球，并与金凯利、周星驰一起被称为"当代最伟大的喜剧之王"。

成功后的克劳德·史金斯不时会说起那场令人刻骨铭心的球赛，正是那看似让他出丑的罚球表演，却让他得到了观众前所未有的关爱，享受到了人间无限的真情温暖，为以后开发他身上蕴藏着的巨大表演潜能做了极好的铺垫。

生活中，往往看起来已经是很"坏"的事情，如果再让它"坏"一点，再"坏"到极致的一瞬间，希望的曙光却会在刹那间显现。

小学生励志故事朗读本

海，蓝给自己看

文/澜 涛

我相信用心是最美丽的。

我从小就有着对文字的热爱和痴迷。因为意外的受伤失去了考取大学的机会，辗转着做了很多工作，起起落落中仍没有忘记自己的渴望。三年前，我开始拾起落满灰尘的笔和对文学的梦想，将自己所有的空闲都倾注到了方格纸间。两年多的倾心与倾情终于换来了一百余万字的作品散见各报刊，真正理解了"有梦真好"。

一次和几个圈内的朋友小聚，酒酣之中，朋友们纷纷劝说我，到哪家杂志社或报社做个编辑或者记者，这样总比介绍自己是自由撰稿人要多些神采。听朋友说得双眼放光，我不禁有些心动。世间的事情总有说不清楚的时候，酒聚后不久，相继有两家杂志社的老总邀请我去做记者，权衡了一番，便去了一家生活类期刊。因老总的器重和厚爱，工作任务只要求每个月交上三篇人物稿件，就可以不用坐班了，不用熬每天的八个小时，而薪水却很可观。轻闲的工作让最初的我很是惬意，可没有几个月，我发现自己写稿子的时间越来越少了，仔细想想，原来时间都是被应酬杂志社方面的各种人际交往的酒宴盘剥了去。内心的空落和疲惫感越积越重，每天心头都好像塞堵着什么。

　　每当我给电脑旁的水仙换水的时候，便像看到了自己。虽然拿着优厚的薪水，有着人们客气的握手寒暄，但内心却好像丢失了自己，总感觉自己的根无法触及到原来那块能够让我踏实的文字土地了。半年后，我谢绝了老总的挽留，重新让自己回到专注的创作中，渐渐的，空落消散了，充实又回来了。这才蓦然悟懂了痖弦那句诗的深刻与绝美："海，蓝给自己看。"

　　充实生命的，是追逐目标的过程，只有剔除了各种诱惑和迷乱，才可能有一颗淡泊、明净的心去书写自己想要的人生。重要的不是活给别人的目光，是要活给自己的梦想。

今天你笑了没有

文/苇 笛

　　微笑，就这样创造了生命的奇迹。

　　原一平是日本的一位保险推销员，1.53 米的个子，毫无气质与优势可言。在最初成为推销员的 7 个月里，他一分钱的保险也没拉到，当然也就拿不到分文的薪水。为了省钱，他只好上班不坐电车，中午不吃饭，晚上睡在公园的长凳上。但他依旧精神抖擞，每天清晨 5 点起床从"家"徒步上班。一路上，他不断微笑着和擦肩而过的行人打招呼。

　　有一位绅士经常看到他这副快乐的样子，很受感染，便邀请他共进早餐。尽管他饿得要死，但还是委婉地拒绝了。当得知他是保险公司的推销员时，绅士便说："既然你不赏脸和我吃顿饭，我就投你的保好啦！"他终于签下了生命中的第一张保单。更令他惊喜的是，那位绅士是一家大酒店的老板，帮他介绍了不少业务。从此，原一平的命运彻底改变了。由于原一平的微笑总能感染顾客，他成了日本历史上最出色的保险推销员；而他的微笑，亦被评为"价值百万美元的微笑"。原一平的笑容是如此的神奇，在给顾客带来欢乐与温暖的同时，也给自己带来了巨额的财富和一世的英名。

　　其实，何止是原一平，在这个世界上，每一个发自内心的微笑，往往都具有神奇的力量。《小王子》的作者安东尼·圣艾修伯里不仅是一名杰出的作家，还是一位优秀的飞行员。"二战"前，他参加西班牙内战，打击法西斯分子，后来陷入魔掌。在监狱里，看守监狱的警卫一脸凶相，态度极为恶劣。安东尼·圣艾修伯里认为自己第二天绝对会被拖出去枪毙，于是，他陷入极度的惶恐与不安中。他翻遍口袋找到一支香烟，却找不到火柴。他鼓起勇气向警卫借火，警卫冷漠地将火递给了他。接下来，安东尼·圣艾修伯里用细腻的文笔记下了那刻骨铭心的一刻："当他帮我点火时，他的眼光无意中与我的相接触，这时我突然冲他微笑。我不知道自己为何有这般反应，在这一刹那，这抹微笑如同鲜花般打破了我们心灵之间的隔阂。受到我的感染，他的嘴角不自觉地露出了笑意，虽然我知道他原无此意。他点完火后并没有立刻离开，两眼盯着我瞧，脸上仍带着微笑。我也以笑容回应，仿佛他是个朋友。他看着我的眼神也少了当初的那股凶气……"而后，两人聊了起来，对家人的思念和对生命的担忧使安东尼·圣艾修伯里的声音渐渐哽咽。后来，看守一言不发地打开狱门，悄悄带着安东尼·圣艾修伯里从后面的小路上逃离了监狱……

　　安东尼·圣艾修伯里的那个微笑如同直通人心的世界语，深深地打动了另一颗冷漠的心灵。我想，当看守打开狱门送安东尼·圣艾修伯里远去时，他的内心一定充满了欣慰。微笑，就这样创造了生命的奇迹。

　　人生在世，很多时候，我们不得不面对冷漠的面孔、阴郁的眼神甚至恶意的中伤、阴险的陷阱……但无论我们周围的世界怎样的令人痛苦不堪，无论我们心灵的天空如何阴霾密布，我们都应当笑对人生。平凡的生活中，一抹微笑就是一道阳光，

GaoSuZiJiWoNengXing

它不仅能够照亮自我阴暗的心灵，还能温暖周围潮湿的心灵！当我们在一个个长夜里反思白天的得失时，或许我们最应当问自己的一句话就是"今天你笑了没有"？

　　其实，生活真的像一面镜子，当你对它展颜欢笑时，它所回报给你的，一定也是醉人的笑容。

第 七 辑

下次走的是下次的路

XiaCiZouDeShiXiaCiDeLu

人生就像一道咖喱饭

文/刘述涛

苏见信，是他的本名，但所有人都不叫他的本名，而是叫他"信"，因为亲切，因为简洁。可是，他的人生却一点也不简洁，复杂曲折得可以写一本厚厚的书。信曾经说，如果能够真正抓到掌管自己头顶上的神，就非得好好问问他，要折磨自己到什么时候，才肯罢手。

的确，像信这样拥有一副好嗓子，音乐感极强的人，怎么就不能够像那些当红歌星那样，闪耀在歌坛当中？

这也许就是命！

读小学的时候，信参加了学校的合唱团，没过几天，老师就对信说："苏见信，你不要再来了，不是你的声音不好，是你的声音太好了，你一唱别的同学就没法唱了。"后来，信只能够站在窗外，看着合唱团的同学大声歌唱。

18 岁那年，信和同学一起参加台湾举办的第二届热门音乐大赛，眼看就要进入决赛拿到冠军的时候，服役通知书却来了，要信马上到兵营报到，否则就将遭到不服兵役法的起诉。信只得走向兵营，去兵营报到的时候，信的手里拿着当时娱乐圈内最厉害的可登唱片公司想和他合作出唱片的意向书。

等到信当完兵回来，当年想和自己合作出唱片的可登唱片公司早已经不认识信了，那些和自己一起参加热门音乐大赛的同学却红了好几遍，特别第一届的冠军张雨生更是红遍了东南亚，而信却要一切从头开始。

信的走唱生涯是从台南一家小小的比萨店开始，然后从台南到台北，从高雄到台中，信每天都站在台上大声地歌唱，唱得好，客人敬酒；唱得不好，客人灌酒。有时候信都不知道自己一个晚上要喝多少酒，更不知道有多少酒是客人敬的，有多少酒是客人灌的。可就是这么辛苦的唱，信的生活仍然没有多大改善，信还得晚上唱歌白天卖咖喱饭。

卖咖喱饭最大的挑战就是体能，唱完歌已经是凌晨了，而且累得不行，但信还得拿起菜刀切洋葱煮土豆。有一天，信推咖喱饭出去的时候，太阳还像一个火球一样挂在天空，谁知道当信刚要到信义路的时候，天空竟然下起了暴雨，信急忙跑了起来，雨天路滑，信在慌乱中把车推在人行道上，并且被人行道突起的水泥板歪了一下，车子上的锅、菜、饭盒刹那间像长了脚一样从推车上滚落下来，看着沾满了水和泥巴的菜和饭盒，雨水伴着泪水一起在信的脸上肆意流淌。

信仰起头，任凭雨水打在自己的脸上，他不知道这样的日子到底还要过多久。但却是 10 年！人生有多少个 10 年？有多少人中途放弃，但信却在 10 年中坚持下来了，并且最终凭着一首《死了都要爱》，红遍了大街小巷，走到了前台。

如今信终于有能力出唱片，开个人演唱会了。前不久，在北京准备个人演唱会的信，接受了一家电视台的采访。在采访的过程中，信终于又一次说到自己的人生，说到自己所卖的咖喱饭，信说：咖喱饭有红、有白、有青、有黄，还有各种调料，配合在一起，就成了一道美味可口的饭。其实我的

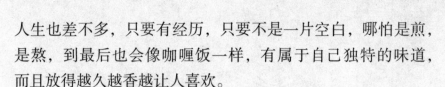

人生也差不多，只要有经历，只要不是一片空白，哪怕是煎，是熬，到最后也会像咖喱饭一样，有属于自己独特的味道，而且放得越久越香越让人喜欢。

告诉自己：我能行

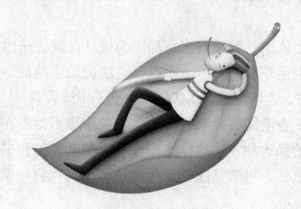

拼好每一块图

文/刘述涛

　　30岁之前，兰珍珍只要敢想的事情，她就能做得成，从中国的四川到大亚湾，然后到法国，最终拿到法国的护照，成了法国公民。

　　每一个认识兰珍珍的人，都以为她从此就在法国终其一生。谁知生活却和她开了一个玩笑，法国成了她最不愿意待下去的地方，兰珍珍逃离了法国，来到了中国香港。

　　为了在香港能够找到一份工作，兰珍珍不得不在电话里冒充老板的私人朋友，这样才能够幸免被老板的秘书挂掉自己的求职电话，可就是这样兰珍珍还是没有找到一家愿意聘请自己的公司。

　　抱着最后的一丝希望，兰珍珍打电话给欧莱雅的老板，希望他能给自己一次机会，欧莱雅的老板在电话里问兰珍珍懂得化妆品吗？会化妆品的营销吗？关于系列欧莱雅的化妆品了解多少？兰珍珍一连串的不知道，最后欧莱雅的老板不耐烦地问兰珍珍："你会什么？你告诉我，总不会你打电话给我，就让我安排你做欧莱雅化妆品柜台的导购员吧。"

　　欧莱雅的老板根本没有想到兰珍珍竟然会同意做欧莱雅

化妆品柜台的导购员。当然在老板的心里，也认为兰珍珍就是答应下来了也是做不长久的。因为没有哪位在外国留过学的人真的愿意屈就一个化妆品导购员的位置，无外乎骑驴找马，有了合适的工作马上就会离开欧莱雅。

令欧莱雅的老板怎么也没有想到的，兰珍珍就是做导购员，也是导购员中的佼佼者。她虽然对化妆品一窍不通，可她肯学肯干，不但随时有不懂的，就拿起产品说明书自学，还总是满脸微笑地面对每一位顾客。更难得的是她是导购员，却又做上了保洁员的工作，不管是化妆品的摆放，还是化妆品柜台的清洁，兰珍珍都是细心料理。

三个月后，欧莱雅香港办事处的生意蒸蒸日上，办事处的人员不断增加，老板想到在行政工作的职位上增加一人，这一人选老板首先想到了兰珍珍。后来的文秘、培训员工，一个又一个部门的人选，老板都首先想到了兰珍珍，因为兰珍珍做什么工作，都让老板分外的放心，兰珍珍从不抱怨老板给了她什么样的工作，她最大的特点就是无论什么样的工作，她都会一心一意地做好。

终于有一天，兰珍珍的老板忽然对她说："你可以独立去开创一个对外交流部门的工作了。"就这样，兰珍珍来到了上海，成为欧莱雅中国大陆市场的负责人之一，她的手下只有七八个员工。

一切都需从零开始，兰珍珍开始没日没夜地带着这七八名员工，考察市场，做市场调查，和人谈合同，商场超市设立专柜，专柜搞装修、买家具，事无巨细，兰珍珍都得亲自过问。兰珍珍领导的上海办事处的业绩越来越好，她觉得自己终于可以松一口气了。

今天，兰珍珍已经成为欧莱雅中国公司的副总裁，许多人都不敢相信，一名从柜台的导购员做起的女人，竟然成了跨国公司的中国区副总裁。这其中一定有外人所不知道的秘密，而兰珍珍每一次都对那些充满疑问的人说："其实没有任何秘密，我就是把每一件小事做好。"

最近，在欧莱雅化妆品的新产品发布会上，又有人问到这个问题。没有办法，兰珍珍就对台下的人说，我小的时候爱好拼图，可是总也拼不好，因为我总是没有耐心，希望一张图一下子就拼出来好了。后来，我的父亲就对我说："正确地找到自己的位置，拼好每一张小图，那么大的图很快就出来了。"当我明白我父亲的话的时候，我也就懂得做好人生的每一件小事。其实就是拼好每一块小图，当所有的小图连接起来，也就成了人生的一幅真正美丽的大图。

告诉自己：我能行

下次走的是下次的路

文/韦延才

　　两位摄影师到西藏去拍摄风光照片，一个叫森，另一个叫艾，他们是同时到达无人区的。来到这里后，他们才发现忘记了带一件最重要的东西——地图！

　　这是一个不能原谅的错误。现在，摆在他们面前的难题是，找到一张进山的地图。找到进山的地图不是一件难事，但必须退回到小镇上，来回起码需要三天的时间。小镇上是否有标有山里道路的地图，还是个疑问。即使能找到，或者找个向导，他们也不可能再返回了。天气预报说，再过三天，这里将大雪封山。那时候他们再进来，已经没有任何意义了。

　　怎么办？森考虑再三，决定放弃这次拍摄。这个人迹罕至的无人区，不仅他们对此情况不熟，而且据说这里还有野兽出没。弄不好，不仅拍不到照片，还可能有生命危险。艾看了看前面幽深的大山，没有犹豫，毅然朝山里走去。

　　森返回到小镇，他没有直接踏上回程，一种好奇心让他留了下来。他要看看三天后艾能不能回到小镇上。

　　果然如天气预报预测的那样，三天后，天空飘起了纷纷扬扬的大雪。看着天上飘洒的雪花和隐没在白色世界中的远

161

山，森暗自庆幸自己当时的决定。艾怎么样了？他有没有迷路？有没有遇到野兽？会不会发生什么意外？这样想着想着，森的好奇就变成了担心。

又过了一天，还是没有艾的影子。森感到事情不妙，就找了几个当地人，到山里找艾。正当他们要进山的时候，远方出现了一个歪歪斜斜的人影。森仔细一看，那不正是艾吗？当时，艾已经被寒冷和饥饿折磨得奄奄一息了。看着艾虚弱的样子，森庆幸自己没有冒险。

艾在那个没有任何指引的山里迷路了。他在那里转了两天两夜才得以出来，这是他没能在大雪前返回小镇的原因。不过，他拍到了一些迷人的风光，虽然很少，而且最美丽的地方他也没有看到。

森看着艾说："冒这样的险太不值了，要是走不出来，你就永远留在那里了。要知道，这次不行，我们下次还可以再来的啊！"

艾笑了笑，说："你不踏出去，怎么知道不行呢？虽然我没拍到最美丽的风景，但我一点儿也不遗憾。因为下次，我还有下次的路要走。"

森听着，似有所悟。是啊，今天的路，怎么能留到下次再走呢？下次要走的，是下次的路。

只是断了一根琴弦

文/崔修建

在巴黎举办的一场大型音乐会上，人们正如痴如醉地倾听着著名的小提琴家欧尔·布里美妙绝伦的演奏。突然，正全神贯注的布里心一颤——他发现小提琴的一根弦断了。但迟疑没有超过两秒，他便像什么事情都没有发生似的，继续面带微笑地一曲接一曲地演奏。观众们和布里一起沉浸在那些优美的旋律当中，整场音乐会非常成功。

终场时，欧尔·布里兴奋地高高举起小提琴谢幕，那根断掉的琴弦在半空中很醒目地飘荡着。全场观众惊讶而钦佩地报以更为热烈的掌声，向这位处变不惊、技艺高超的音乐家致以深深的敬意。

面对记者的"何以能够保持如此镇定"的提问，欧尔·布里一脸轻松道："其实那也没什么，只不过是断了一根琴弦，我还可以用剩下的琴弦继续演奏啊。这就像我们熟悉的许多遭遇不幸的人生，依然可以是美丽无憾的。"

布里睿智的回答与他卓然的表演一样精彩——"只不过是断了一根琴弦"，向世人传递的是从容，是乐观，是洒脱，是心头不肯失落的信念，是命运在握的强者充满自信的宣言，是坦然前行的智者面对岁月中那些风雨雷电自豪的回应。

没错，在我们每个人的生命旅途中，类似断弦的事情经常会发生，但只要那人沉着、冷静、从容地面对突然的变故。他的目光不为已经断掉的琴弦所左右，他的心绪不被断掉的琴弦所缠绕，而是把更多的目光投向手中的琴，相信自己的演技，依然满怀热情地尽心去演奏，他就仍可以继续演奏出美妙无比的乐章。失聪的贝多芬、又盲又聋的海伦·凯乐、被"幽禁"在轮椅上的史铁生等等，许许多多被上帝无意间弄断了"琴弦"的古今中外的强者，都没有被突如其来的断弦所困扰，而是更加珍惜命运赐予的一次次演奏机会，用坚强和执著赢得了无愧于生命的热烈掌声。

当然，现实生活中，也有不少人因过于看重那些所谓的挫折和失败，总是难以摆脱那些不幸的阴影，进而人为地放大了悲观、失落甚至绝望，陷入痛苦的泥潭中难以自拔。在这些人眼里，似乎一根琴弦断掉了，人生便再不可能有动人的旋律了。于是，他们在怨天尤人中一天天地黯淡了本该是光彩亮丽的生命。其实，很多的时候，人们只不过是打碎了一个鸡蛋，并没有失去整个养鸡场。毫无理由地肆意夸大自己的那一点点的不幸，就像盯住了白纸上一个墨点，让自己看不到前面的目标，忘却了脚下的道路，消减了继续前行的热情和勇气。

遭遇不如意是人生中再正常不过的事情了，失学、失恋、失业等等，数不清的意料之中和意料之外的失败，随时都可能降临到每个人头上。但那很多时候，都"只不过是断了一根琴弦"，无需慌乱，更无需过多地悲观和伤感。须知：我们手里毕竟还握着另外一些琴弦，况且我们还有修复断弦的机会。只要愿意，只要肯努力，我们依然可以，也完全能够继

续演奏出心中期待的旋律。就像那位哲人的忠告——"上帝向你关上了门，但会向你开启另一扇窗"。没有谁能够真正地打败你，除非你自己倒下了。

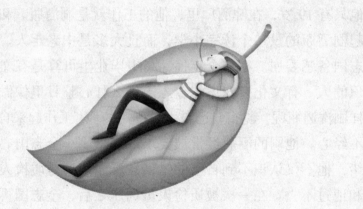

刷好你手中的瓶子

文/一 哲

33年前，高中毕业的金志国被分配到青岛啤酒厂。那时，他只有19岁，在啤酒厂里，他的工作就是刷酒瓶。和他在一起刷酒瓶的没一个读完小学，而且大多是中老年人。这让金志国备感委屈。在那个年代，高中毕业生可算是有文化有知识的人。有文化有知识的金志国怎么甘心整日里像做苦力一样刷洗酒瓶呢？觉得自己被大材小用的他，工作起来自然是漫不经心。他刷的酒瓶经常被要求返工重刷。金志国心里有情绪，他不仅认识不到自己的错误，反而认为是质检人员故意和他过不去。在一次被质检人员训斥之后，金志国再也忍不住心中的怨气，他将手中的一个啤酒瓶摔在地上，大声说："这破瓶子，今后我还不伺候它了！"眼看，一场冲突就要爆发，身旁的一位老师傅急忙把金志国拉开。老师傅把一脸怒气的金志国拉到刷酒瓶的水池前，说："连刷酒瓶这样简单的工作你都做不好，谁会相信你能做好别的工作？"

从此以后，他刷瓶的态度开始改变，变得认真和细心，刷的瓶子再也没有被退回来过。不仅如此，他还琢磨着怎样能把酒瓶刷得既干净，速度又快。通过摸索，金志国洗瓶子

洗出了花样，能杂耍般地把啤酒瓶玩得上下翻飞。这为枯燥的工作增添了不少乐趣。刷酒瓶的水池，常常因为金志国，而成为快乐的源泉。同事们称他为"可爱的小金豆"。一年之后，因为瓶子刷得又快又好，金志国成了质检员，来检查别人的瓶子是否刷得干净。他把自己的心得体会说给新手听，手把手地把自己娴熟的刷瓶技巧教给他们。在他担任质检员期间，负责装酒的车间没有退回来一个刷得不干净的酒瓶。金志国工作时的认真和负责渐渐地获得了厂领导越来越多的赞赏，他一步一步地获得提升，负责的工作也越来越重要。

现在，当年刷瓶子的"小金豆"已经是青岛啤酒的董事长。在 2008 年 6 月 10 日，当选董事长的那天，金志国幽默地说："我这董事长没有什么特长，就是刷瓶，是认认真真地刷瓶。从今天起，我要把青岛啤酒这个酒瓶刷得比别人家的酒瓶都干净、漂亮。当然，这需要大家把自己手里的瓶子也都要刷得干净和漂亮。"

每一个人的工作都是一个要刷的酒瓶，无论高低、大小和颜色，我们都应该尽力把它刷得干净、漂亮，这样装进去的酒才会香醇可口。刷好自己手里的瓶子吧，一同刷亮的还有我们的梦想和人生。

用埋怨的精力去做事

文/柏兴武

　　他出身贫寒，读书时成绩也不理想，老师总是批评他。高中毕业那年，他连大学都没有考上。这次，他比往日的埋怨更多了。他埋怨自己家庭条件不好，埋怨自己父母没有给他好的学习环境。

　　平时，他埋怨的时候，他的父亲认为是自己做父亲的无能，总是耐心地教育他凭借自己的努力去改变现实。这次，父亲愤怒了："你的失败是自己造成的！你应该用埋怨的精力去做事！"父亲的一句话把他震醒了。从此，他不再埋怨，补习一年后考上了台湾辅仁大学应用数学系。

　　从此，他不再患得患失，不再埋怨世道不公，而是勇于应付困境，开始用"用埋怨的精力去做事"的态度对待自己的人生。他说人生里的他本来就是一个输家，没有什么可埋怨的，唯有自己努力。

　　他经过努力，创办了自己的公司，并在切身体验的基础上，把他的"用埋怨的精力去做事"作为公司的企业文化在员工中推广，他的公司很快壮大了起来。就这样，他凭借着"用埋怨的精力去做事"在商海一路走来，走向了今天的全球高

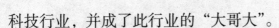

科技行业，并成了此行业的"大哥大"。

没错，他就是在十几年内，以5000美元在洛杉矶创业，几经沉浮，如今经营着世界上最大的单一软件公司。其市值达70亿美元，被权威杂志评为全球前100名最热门上市公司之一，并连续两年被美国《商业周刊》推选为"亚洲之星"的张明正。

"用埋怨的精力去做事"，这话说起来容易，要一生中做到却很难。因为人生的过程就是一个遭遇挫折的过程，我们大多数人在遭遇挫折的时候免不了埋怨，只有少数人把挫折当成了成功的垫脚石，他们把埋怨的精力用在了克服挫折上。最后他们成功了。

如果你想成功，请你别埋怨。只要你把埋怨的精力用在做事上，用在克服困难上，你一样可以成功！

小学生励志故事朗读本

告诉自己：我能行

文/朱成玉

那年我正在上高中，参加了一次演讲比赛。

那是一次级别很高的演讲比赛，要求演讲者就美丽、博学、勇敢和诚实哪一个更重要展开阐述。为了体现比赛的公正性，评审团偷偷地在角落里放置了分贝器，以每个人所获得掌声音量的分贝大小作为评审的参照。

我是唯一一个来自高中校园的学生。在这之前，我是高傲的。从小到大，我都是在一片喝彩声中度过，不知不觉之间，便有了一种优越感。为了这个参赛名额，我求了老师很多次，加上我在学校里确实非常优秀，全校老师最后一致推选我代表学校参加演讲。从报名到参加演讲，一直是那点所谓的自信在推动我，可是当一个个演讲者从容淡定地引经据典、旁征博引地进行了精彩演讲之后，我的自信心第一次受到了重创。我开始紧张了，清醒地看到了自己和他们之间的差距，简直是天壤之别。我开始后悔自己辛辛苦苦争取来的机会了，但一切已经来不及，马上就要轮到自己演讲了。

演讲会场上的掌声此起彼伏，评审团的工作人员不停地测着掌声的分贝。

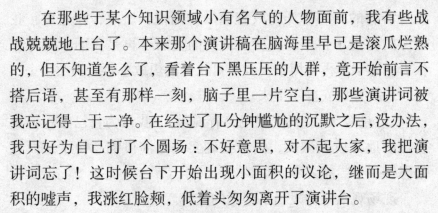

在那些于某个知识领域小有名气的人物面前，我有些战战兢兢地上台了。本来那个演讲稿在脑海里早已是滚瓜烂熟的，但不知道怎么了，看着台下黑压压的人群，竟开始前言不搭后语，甚至有那样一刻，脑子里一片空白，那些演讲词被我忘记得一干二净。在经过了几分钟尴尬的沉默之后，没办法，我只好为自己打了个圆场：不好意思，对不起大家，我把演讲词忘了！这时候台下开始出现小面积的议论，继而是大面积的嘘声，我涨红脸颊，低着头匆匆离开了演讲台。

我躲到角落里，仿佛是在经历世界末日一样地等待着演讲会的结束。家人和老师的安慰使我更加感到难过。

演讲会结束了，一位律师身份的演讲者凭借渊博的知识和动感十足的演讲获得冠军，他赢得了现场观众热烈的掌声，掌声的音量超过了80分贝！而我的掌声音量为零！

主持人在最后总结的时候特别提到了我，说我作为一名高中生，能够有勇气来参加比赛本身就是一种成功。我和所有参赛者一起被邀请到了演讲台上，每个人要做一段最后的陈辞，我不得不再一次拿过那让自己难堪的话筒。

我说自己虽然忘掉了准备好的演讲稿，不过在心里，另外拷贝了一份没有草稿的演讲稿，希望主持人能给我一个表达的机会。

我说："现在我才知道，今天我来这里，是有些自不量力的。我以为自己穿上了漂亮的外衣就是美丽，我以为自己每门功课都考了第一就是博学，我以为自己敢为女同学出头找欺负她的男生算账就算勇敢，我以为每天晚上对妈妈如实汇报学习和思想情况就是诚实，但是很显然，我是太过幼稚了。在今天这些老师的面前，我第一次感觉到自己的渺小，我觉得自己就是那只第一次跳出井底的青蛙，看着广阔无边的世界，置身浩瀚的知识海洋，只有惊呆和惭愧！所以，在这里，我深深的打量了自己，我所自认为的美丽不再是美丽，我所自认为的博学不再是博学，我所自认为的勇敢不再是勇敢……"

现场开始安静了下来。

"但是今天，"我羞涩地笑着说道，"我认为自己唯一值得表扬的地方就是诚实，因为我确实是把演讲词忘掉了，而且是忘得一干二净。"

现场观众开始发出了善意的笑声。

"所以我认为，你可以不美丽，但你不可以不博学；你可以不博学，但你不可以不勇敢；你甚至可以不勇敢，但你无论如何，不可以不诚实！"

现场爆发出了热烈的掌声！评审团惊奇地发现，我所获得的掌声音量接近了90分贝！竟然超过了今天的冠军。

虽然我在美丽、博学、勇敢上都输给了别人，但我用我的诚实，赢得了掌声！因为我告诉过自己：我能行。

救命的金币

文/李丹崖

在一个沙尘暴多发区，漫天的狂沙让一位年仅 21 岁的小伙子一夜间失去了双亲。风沙过后，只有他和妹妹活了下来。

当所有的家园都变成一片废墟，仓库和良田都变成一片沙海时，一点可以吃的东西都没有了。面对此情此景，小伙子悲丧极了，他一屁股坐在了沙尘飞扬的屋瓦上。一天，他再也无法忍受这个残酷的事实，于是就写好了遗嘱，然后在墙角里偷偷找了根绳子，打算就此了却此生。然而就在这时候，门突然开了，他 8 岁的妹妹跟她的同窗好友走了进来。

"吉米，"她满怀希望地看着哥哥说，"可不可以给我一枚金币，我们一起去店里买一些饼干？"

吉米慌忙收起绳子，惶恐不安地坐着，很久没有回答。因为他一个金币也没有，就连原本那颗激情澎湃的心，此刻也被厄运击打得伤痕累累，他看了看自己，只剩下消瘦的双手和干瘪的口袋。

"小可爱，"他迟疑地对妹妹说，"对不起，我连一个金币也没有，相信我们马上会有的，不要担心。"

吉米整了整衣衫，站了起来。那天晚上，他再也睡不着，

173

因为，他老是想起妹妹转身离去时的失望表情。他连一个金币也不能给妹妹，这是多么的悲哀呀！他想到父母的在天之灵绝不希望自己这样对妹妹。吉米想着想着，突然振作了起来，为了能圆妹妹一个金币的愿望，他彻底地醒悟了！

天亮了，他拿起工具走向了农田……后来，吉米不光带领乡邻们战胜了沙尘暴，而且还实现了自己埋藏心中多年的梦想——做一名教师。

提起这段往事，吉米总会激动地说："当不幸降临到你身上时，我们千万不要就此消沉下去，因为，它总会在带给我们看似绝望的同时，又给了我们一枚'希望的金币'。我的妹妹就让我找到了那枚金币，原来它一直就藏在我的灵魂深处！"

是啊，积极的心灵是无坚不摧的！当不幸降临时，悲观沮丧、怨天尤人又有什么用呢？这样只能恶化不幸的范围，我们为什么不能振作一下疲惫的精神，找回那枚信念的"金币"呢？

不幸和幸运一样，都属于我们生命的一部分，而且，两者相得益彰，没有任何人能抵制它！富有智慧的人总能用他们信心的磨盘把"不幸"碾成末，用自己的乐观把它沏成一杯香茶，然后坐下来慢慢去品咂！

最苦的树开最香的花

文/包利民

　　大学毕业那年，我找了几份工作都不如意。雪上加霜的是，在一次应聘的途中，我被车撞断了胳膊。从此，我的左臂再也伸不直了。那以后每次去应聘，人家一看我的胳膊，便客气或不留情面地打发了我。而且，相恋三年的女友也离我而去。那些日子，世界除了黑暗还是黑暗。

　　那一天表姐陪我去公园散心，正是四月，丁香花开得一片灿烂，却丝毫不能点燃我内心的热情。徜徉在丁香丛中，表姐给我讲了她的故事，讲她怎样从最初的不断跌倒中爬起来，怎样走到今天的成功。她现在已经拥有了三家服装店，而最初她只是在街旁摆小摊的。表姐忽然问我："你闻到丁香花的香味了吗？"此时空气中满溢着那让人心旷神怡的花香，我点了点头。表姐伸手摘下一片叶子，放在嘴边咬了一口，呷呷嘴说："你说丁香的叶子是什么味道？"我也摘了一片叶子咬了一口，一股极苦的味道让我的嘴几乎麻木了，我不禁皱起了眉头。

　　表姐看着我的眼睛说："在我最失意的那些日子，也是春天，我常来这里尝这些叶子，在这苦苦的味道里我终于明白：

只有最苦的树才能开出最香的花！"我的心一瞬间充满了感动，看着那树那花，有一股温暖的力量在心里涌动。如今我终于走出了那些黯淡的日子，每天都用最灿烂的笑容去面对生活。

　　只有根植于苦难的成功才最值得珍惜，只要我们不放弃心中的希望与梦想，就一定会在苦难的生活之中绽放最美丽的人生！

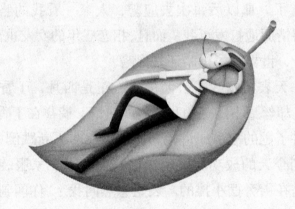

第八辑

下一站就是成功

XiaYiZhanJiuShiChengGong

跟自己比长短

文/马国福

上初中时，我经常到少年宫参加武术培训。培训班分甲乙两个班，我在乙班。甲班的同学年龄比我们大，功夫也比我们深。为了竞争参加市少年武术大赛，作为乙班班长的我暗下决心，一定要夺得冠军。我的竞争对手是甲班班长，我们经过一番较量顺利通过了预赛，决赛时我们铆足了劲全力出招攻击对方。对打过程中，我一直在寻找他的破绽，但总找不出，而他却能突破自己防守中的漏洞反守为攻，几个回合下来我败于他的手下，结果失去了参赛资格。

我找到教练，将对打过程中的一招一式再次演练给他，并要求教练帮我找出甲班班长的破绽，以便下次打倒他夺回冠军。教练笑而不语，在地上画了一条线，他让我在不擦掉这条线的前提下设法将这条线变短。我绞尽脑汁就是想不出办法，最后放弃思考请教教练。教练只是在刚才画的短线旁边又画了一条更长的线。两者相比之下原先的那条线短多了。

最后，教练语重心长地说："比赛的目的不在于如何攻击对方的弱点。正如地上的长短线一样，只要你自己变得更强，对方正如原先的那一条短线，也就无形中变弱了。如何使自己变得更强，才是你需要练的。"

　　生活中少不了竞争。在人生的道路上有许多障碍需要我们去排除。大多数人喜欢找捷径求得成功，但最好的方法是和自己比长短，只有在对手面前努力使自己的"尺寸"更长一些，注重内在力量的提升，让自己长过原先的自己，这才是我们求得成功的关键。

　　很多时候，我们强过自己就是胜过对手。

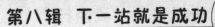

请 举 手

文/蒋光宇

1968 年 9 月，在我们沈阳五中高三（5）班全体同学准备奔赴农村上山下乡的时刻，班主任老师语重心长地叮嘱全体同学："各位同学在农村的广阔天地里接受贫下中农再教育，一定很忙、很累、很辛苦，不可能天天看书，但我期望各位同学每 4 个月至少看完一本好书，每年至少看完 3 本好书。"

班主任老师的话音刚落，立刻引起了不少同学的笑声！同学们认为，天天看书大概做不到，但是用 4 个月时间看完一本好书还是绝对不成问题的，一年下来至少都能看完 3 本好书。

时间过得飞快，转眼之间 30 年过去了。1998 年 9 月，高三（5）班全体同学聚宴，自然邀请了当年的班主任老师。席间班主任老师站起来讲话："还记得 30 年前各位上山下乡时我讲的话吗？我期望各位同学至少一年看完 3 本好书。当时我的话音刚落，引起了不少同学的笑声。今天我要问一下，谁在毕业后坚持每年至少看完 3 本好书，也就是谁在毕业后已看完 90 本以上的好书？请举手。"

同学们环顾左右，只见有一个人举起了手，他就是全国百强企业的企业家之———刘海英。

接着，班主任老师给同学们讲了下面这个故事。

开学的第一天，古希腊大哲学家苏格拉底对学生们说："今天咱们只学一件最简单也是最容易做的事儿。每人把胳膊尽量往前甩，然后再尽量往后甩。"说着，苏格拉底做了一遍示范。

苏格拉底笑着问："从今天开始，每天做300下。大家能做到吗？"

学生们都笑了。这么简单的事，有什么做不到的？

过了一个月，苏格拉底问学生们："每天甩手300下，哪些同学坚持了？请举手。"有90%的同学骄傲地举起了手。

又过了一个月，苏格拉底又问："每天甩手300下，哪些同学坚持了？请举手。"这回，坚持下来的学生只剩下八成。

一年过后，苏格拉底再次问大家："请告诉我，最简单的甩手运动，还有哪几位同学坚持了？请举手。"这时，整个教室里，只有一人举起了手。这个学生就是后来成为古希腊另一位大哲学家的柏拉图。

上面两个"请举手"的故事，的确令人回味。

世间最容易的事是坚持，最难的事也是坚持。说它最容易，是因为只要愿意做，人人都能做到；说它最难，是因为真正能做到的，终究是极少数的人。

任何伟大的事业，常成于坚持不懈，毁于半途而废。

任何伟大的事业，都不是靠一时的力量，而是靠长期的坚持来完成的。

任何伟大的事业，都有一个看来是微不足道的开始。要使理想的宫殿变成现实的宫殿，必须通过长期不懈地埋头苦干，用一砖一瓦去建筑。

人生就像马拉松赛跑一样，只有坚持到终点的人，才有可能成为真正的胜利者。

巴斯德曾这样说过："告诉你，使我达到目标的奥秘吧，我唯一的力量就是我的坚持精神。"

成功有一个知易行难的奥秘：坚持。

不发光的金子

文/马国福

　　有个青年从一所重点大学毕业后被大城市的一家事业单位选中，没过多久他被二次分配到一家下属县级单位。在下属单位，他只是从事一些简单的工作，刚开始，他对工作充满了热情和信心。时间长了，他发现自己从事的工作一个高中生就足以胜任。他总想干一些引人注目的工作，无奈上级从不给他提供发挥自己特长的机会。他满腹牢骚慢慢地学会了敷衍了事，于是，单位里那些不良的习惯像细菌一样传染到他身上。他懒懒散散，经常迟到、早退，工作拖拖拉拉精力不集中，一年下来除了拿到一些在当地还算不菲的工资福利外，他一事无成。而那几个他从不放在眼里的高中生却通过自学考试拿到了大专文凭，他们纪律性强，工作井井有条成绩突出，受到了上级的好评。大学里的同学经常从大城市打来电话说他们得到领导赏识被委以重任，工作很愉快成绩也很明显，听到这些他心里很难过，感到命运欺骗了自己，总是抱怨自己怀才不遇壮志难酬。

　　空闲时候，他经常到小城郊区的那个名叫广福禅寺的庙宇里去散心。有一天，遇到一些挫折后他向老方丈诉说了自己的苦闷。方丈问他："你觉得自己很有才华是吗？"他点头称是。方丈问他："那你觉得自己在单位发挥了自己的作用吗？"他说："我的工作稍微有点文化的人都可以胜任，我在那个默默无闻的位置上简直大材小用。"方丈微微一笑，拿出一件玲珑剔透的金色香炉说："假定这是一块金子，你怎样才能使它发光？"他说："这还不简单，拿到阳光下面不就发光了？是金子总会发光的，是玫瑰总会发香的！"方丈点点头又说："你说得对也不对。"他不解。

方丈拿着香炉走到明媚的阳光下，阳光下香炉金光闪闪，很耀眼。他说："我说得没错吧？是金子总会发光的。"方丈不语，径直走到一个见不到阳光的角落里，用手在酥土里刨了一个坑，把香炉埋了进去。方丈说："现在金子发光了吗？"他说："没有，被土埋没了怎么会发光呢？"方丈接着说："你说得不错。记住不一定每块金子都能发光。我送你四句话。其一，这世界上没有失败，只有暂时没有成功。其二，改变世界之前，需要改变的是你自己。其三，改变从决定开始，决定在行动之前。其四，是决心，而不是环境在决定你的命运。"他恍然大悟，顷刻间所有的郁闷烟消云散。

我喜欢童话作家安徒生说的一句话：如果你是天鹅蛋，即使生在养鸡场也没关系。真的，如果不能改变环境，就改变自己的态度和决心；如果不能发光，就扫除蒙蔽心灵的灰尘和云烟。

找准位置，摆正心态或许明天你就能发光，关键的是你必须拥有打铁还需自身硬的功夫，心存真金不怕火炼的信念，不要因暂时的困惑阻挡发光的决心。

米勒是谁

文/谈笑生

美国某著名大学篮球教练，执教一个很烂的、因刚刚连输 10 场比赛而开除了教练的大学球队。这位教练给队员灌输的观念是"过去不等于未来"，"没有失败，只有暂时没有成功"，"过去的失败不算什么，这次是全新的开始"。

结果第 11 场比赛打到中场时又落后了 30 分，休息室里每个球员都垂头丧气。教练忽然问道："你们要放弃吗？"队员嘴上讲不要放弃，表情却显示已经承认失败了。

"各位，假如今天是乔丹遇到连输 10 场在第 11 场又落后 30 分的情况，篮球天王迈克尔·乔丹，他会放弃吗？"球员答道："他不会放弃！"

"假如今天是拳王阿里被打得鼻青脸肿，但在铃声还没响起，比赛还没结束的情况下，拳王阿里，会不会选择放弃？"球员答道："不会！"

教练问他们第三个问题："米勒会不会放弃？"这时全场一片安静，有人举手问："米勒是什么人物，怎么连听都没听说过？"

教练带着一个淡淡的微笑道："这个问题问得非常好，因为米勒以前在比赛的时候，选择了放弃，所以你从来就没有听说过他的名字！"

后来，这支球队反败为胜了。

米勒，或许这个名字是教练杜撰出来的。教练用心良苦，希望队员们能够将放弃抛到脑后，把坚持永远珍藏心间。

其实，只要不放弃，一定会取得成功。

告诉自己：我能行

执著的力量

文/岳 超

这个世界上最大的力量是什么？当你放弃了许多，而不能丢掉的有什么？从默默无闻到梦想成真、成就生命需要什么？坚强、刻苦、智慧……也许每个人都会罗列出一些自认为的必不可缺的要素，这其中一定都会有这样一个词——执著。

有这样一个孩子，因为父母双双早逝，自幼就开始了贫病交加、无依无靠的生活，尝尽了人生艰辛。为了养活自己，他不得不到一家印刷厂做童工。虽然环境很苦，但喜爱看书读报的他还是非常珍视这份工作。

一天，他在一家书店的看到一本书，他伫立在橱窗前，贪婪地盯看着那本书，手不停地摸着口袋里仅有的买晚饭的钱。为了能够买下自己喜爱的书，他不得不挨饿，从饭钱中积攒钱。

这天，他在路过书店时，发现书店的橱窗里有一本打开的新书，便如饥似渴地读了起来，直到把打开的两页读完才恋恋不舍地走开。第二天，他又身不由己地来到了橱窗前，惊奇的是，那本书又往后翻开了两页！他又一口气读完了。他是多么想把它买下来啊，可是书价太高了，他必须不吃不喝一个月才能攒够买书的钱。第三天，奇迹又出现了，书页又往后翻开

了两页。此后，每天书页都会往后翻开两页，他就每天都来读，直到把全书读完。这天，书店里一位慈祥的老人抚摩着他的头发说道："好孩子，从今天起，你可以随时来这个书店，任意翻阅所有的书籍，不需要付一分钱。"

日月如梭，这个少年后来成了著名的作家和记者，他就是英国一家晚报的主编，本杰明·法利吉尤。让身处困境的本杰明·法利吉尤成就绚丽人生的有书店老人的温存怜爱、爱护关怀、鼓励鞭策，更因为他自己对命运的不屈，对热爱的执著。

执著的力量帮助他从台阶的最下一阶，登上了令人仰羡、让己无憾的高处。

面对梦想道路上的困苦艰难坎坷，执著是最好的利刃，它会帮助一个人劈开艰难，穿越困境，抵达铺满鲜花的梦想。也许，有时执著也并不一定能将你带进成功，但一定会让你离目标最近，让你的生命俯仰无憾。无憾的生命其实已经就是一种成功的人生了。

执 著

文/澜 涛

　　我祖父因为在朝鲜战场上被敌方飞机扔下的炮弹碎片击伤头部，以至于脾气非常古怪，他异常喜欢静谧，并非常讨厌飞行的鸟类。为了避免刺激祖父，我的家里从来没有养过猫狗，养鸡鸭的时候也都圈养。

　　在我们居住的小村，每当春天到来的时候，就会有燕子从南方飞来。这些燕子飞来后，都是先筑巢，然后生蛋、孵化雏燕。那年，我家堂房圆圆的房梁被两只燕子选中，开始不停地飞进飞出，衔泥筑巢。父亲因为担心燕子刺激了祖父，不肯让燕子筑巢，于是关起了大门。可两只燕子却通过隔壁房间的窗户，依然忙碌地进进出出，修筑着它们的燕巢。父亲只好把隔壁房间的窗户也关上了，可燕子还是在不停歇地筑巢。原来，燕子是从楼上窗户飞进来的，再从楼梯通道飞到堂房建窝……和燕子争斗的四五天中，燕子的窝巢居然已经渐渐完工，看着燕子夫妇开始衔草回来絮窝，父亲和母亲都无奈起来。

　　这几天，祖父一直静静地看着父亲和燕子的较量，一言不发。这天，燕子夫妇又双双飞了进来，唧喳的叫声吸引了

正在抽烟的祖父。祖父抬头看了看房梁，皱了皱眉，没有说话。父亲有些惊慌，看了看母亲，转身去院子拿来一根长木棍，举起木棍，想要把燕窝捅掉。我咬着嘴唇，紧紧地闭上了双眼，不忍去看燕窝被捣毁的惨状。突然，我听到祖父说道："为什么要捅坏它啊？这两只燕子造那个窝多不容易啊……"

我惊异地睁开了眼睛，祖父一脸淡定。

接下来的几年，那个燕窝一直没有被家人破坏，每年春天，那对南飞的燕子飞回来的时候，祖父的脸上总会有一丝笑意浮现。考上大学，离开小村去报到的前一天，一直想知道让祖父改变、让奇迹发生因缘的我问祖父，为什么会接受这对燕子。祖父躺在他的摇椅上，眼睛看向天空："这样的锲而不舍能不让人动容吗？"

很多问题看似固若金汤，似难以更改，似没有扭转的余地……其实，没能领略到曙光，是缺少走出黑夜的坚韧；没能品味秋果的甜润，是缺少夏雨的冲洗。人生随处都会遭遇难题，有时候题解很简单，只有两个字：执著。

执著，是穿越暗夜的灯盏，是腾飞奇迹的翅膀。

蜘蛛为什么能
把网结在空中

文/柏兴武

  他活到最狂妄的年龄时，双腿残废了。从此，悲观失望的他拒绝跟人接触，独自摇了轮椅到一个称为地坛的园子里去逃避现实。他有时一连几小时专心致志地想关于死的事。后来，却因为一只小小的蜘蛛让他坚持活下去并找到了他的幸福之路。

  那是一个雾罩的清晨，他摇着轮椅在园中慢慢地走。他看见一只黑蜘蛛在路旁的两棵树之间结了一张很大的网。他不解地想：难道蜘蛛会飞？要不，两棵树之间有一丈多宽的距离，第一根丝怎么拉过去呢？为了弄清这个问题，他开始了细致的观察。后来，他发现蜘蛛走了许多弯路——从一棵树的枝头起，打结，顺树而下，一步一步向下爬，小心翼翼，翘起尾部，不让自己那根细丝粘贴在树皮上或路面的其他物体上，走过路面，再爬上对面的树，高度差不多了，再把丝在一根枝上收紧，以后也是如此。就这样，不会飞翔的蜘蛛把网结在了半空中。他看到精巧而规矩的网，八卦形地张开，仿佛得到神助，不由得深深地震撼了。不会飞的蜘蛛能在半空中编织出如此精巧而规矩的网，自己是一个有手有脑的人，为什么就不能寻找到自己的幸福之路呢？

此后，他开始寻找自己的幸福之路。他想："不试白不试，腿反正是完了，试一试不会额外再有什么损失。说不定倒有额外的好处呢？"这一来他轻松多了，自由多了。他开始把看到的，想到的，用文字记录下来，也就是说，他开始了写作生涯。写作并不是一件轻松的事。并不是写了就能发表。他写了很多文字，但并没有引起编辑的注意，他的文章一篇也没有发表。就在他想要放弃的时候，他想到了蜘蛛的执著，他的一颗躁动的心走向宁静。他相信自己也会跟蜘蛛一样结出"网"来，只要自己认真地拉好每一根丝，就能走向成功。他继续用笔记录生活，就跟蜘蛛一根根拉丝一样积累着素材。他终于发表了文章，而且一炮打响。他就是不断跨越困境的令人敬佩的作家——史铁生。

蜘蛛不会飞翔，一根根地拉丝，能把网结在空中；人选准了自己的路，一步一步执著地走下去，就会画出人生的五彩图！

迎接死球

文/矫友田

有一个小男孩，从小就酷爱打羽毛球，练就了一身不凡的技术。因此，他被选送到市少年羽毛球队。在一些地区性的比赛中，他经常获得优异的成绩。

后来，他被一位著名的教练相中，将他带入了国家青少年羽毛球队，进行更加专业的训练。

在训练的时候，教练总是安排一名身材比他高半个头的队员与他对打。那名队员因为占有身高的优势，再加上发球凶猛、刁钻。因此每一次对打，几乎都是以他的失败而告终。

在接下来的三个多月的训练中，他只赢过对方寥寥几场，他的心情郁闷到了极点。有一天，教练在旁边认真地观看他俩对打。在关键时刻，对方连续几记重扣，他几次接球均失败。

终于，他忍耐不住内心的失望与愤怒，把球拍狠狠摔在地上。而后，躺倒在训练场上，掩面啜泣起来。

见此情形，他的教练走上前去质问道："你为什么要摔掉球拍？"

他被教练严肃的表情给震慑住了，讷讷地说："我恨自己的技术没有长进，这么长时间总是输球……"

此时，教练脸上的神情丝毫没有放松，继续问道："难道你摔掉球拍，便可以赢得比赛吗？"

听了，他无言以对。

于是，教练便带他一起到场外散步。这时候，教练说话的口气温和了下来："当你面对一个强大的对手时，你会怎么选择呢？"

他思忖了一会儿，没有想到一个合适的答案。

教练对他解释说："你只有三个选择：第一就是闭上眼睛，任由对方凌虐；第二就是像你刚才一样，摔掉手中的球拍，发泄内心的愤怒；还有一个，就是举起球拍，用壮士赴义的心态面对这致命一球。但是，你要记住，只有最后一个选择才有可能给你一个扳回的机会！"

说完这些话，他的教练头也没回地离开了。那个晚上，他失眠了，一直在回味着教练留给他的那一句话。

他恍然大悟。在以后的训练中，他既没有选择保守和怯懦，也没有选择愤怒和浮躁，而是选择用勇气和毅力去面对对手扣出的每一个死球，并对自己技术上的失误进行认真地剖析和纠正。

他的球技出现了质的飞跃。后来，他屡屡在一些国家级和世界级的羽毛球大赛上获得优异的成绩。

生活很少会怜悯那些内心怯懦、性情浮躁和缺少自信的人。我们应该像那位教练说的一样，用壮士赴义的勇气和信心，去迎接生活扣给我们的每一个死球。即使失败了，也可以是提升我们的动力。只有这样，我们才能赢得更多成功的机会！

下一站就是成功

文/温 暖

第一次世界大战结束后，他只有两岁，靠种葡萄为生的父母带着他迁徙到了法国。父亲不懂法语，在法国找不到工作，所以，这个家庭陷入了贫困的危机，在温饱线上苦苦挣扎。

1934年，13岁的他勉强小学毕业。为了生计，就不得不辍学到一个小裁缝店当学徒。正是这份工作，让他对服装设计产生了浓厚的兴趣。虽然吃不饱饭，他却经常空着肚子跑到剧院的舞台后面去观察演员们的绚丽衣着，然后仔细地揣摩这些衣服的造型。有时，他喜欢站在百货商店外面，痴迷地看着橱窗里的那些新款服装，回家后便异想天开地在本子上画一些奇怪的样式，他的父母没有想到，孩子的这种自娱自乐，竟会成为他一生的事业。

19岁那年，他骑着一辆旧自行车，驮着一只破木箱，来到了向往已久的巴黎。结果到了那里，他才发现自己连住的地方都找不到。吃不饱睡不安，他只好四处流浪。不久，第二次世界大战爆发了，乱世之中，他再遭厄运，因为一次偶然事件，他被关进了监狱，饱受炼狱生活的折磨。虽然失去自由，但他对服装设计的喜好依然不改，没有纸和笔，他就用手指在牢房的地上画来画去。两年后，他终于获释，身无分文的他又开始四处游荡。直到走投无路时，他才不得不离开巴黎，来到法国南部城市维希，重操旧业，在一个服装店做学徒。

这是一份来之不易的工作，所以，他非常用功，他一丝不苟地学习，掌握制衣的每一个细小环节。经过三年清苦的学徒生涯，他逐渐成为了店里最好的裁缝。但他一直想念着巴黎，他认为只有那里才是自己的舞台。

1945年，他重返巴黎，在一家叫"帕坎"的时装店做设计。当时，许多社会名流都在这里订做服装，设计师的压力可想而知，由于不堪重负，设计师每天都有被淘汰的。所以，老板并没有对他抱太大的希望。但他从这个最艰难的挑战中看到了人生转机的希望，他决定全力以赴。为了能设计出让顾客满意的服装，他废寝忘食、绞尽脑汁。那些日子里，服装设计是他生活的全部，甚至连吃饭、走路也在想着这些。一天，当他在大街上行走时，一位漂亮的姑娘让他眼前一亮，姑娘全身的线条恰到好处。他想象着，如果她穿上自己设计的服装，一定会令人耳目一新。于是他不由自主地跟在了姑娘后面。发现有人跟踪，姑娘便拐进一个胡同拼命奔跑起来，他却穷追不舍。姑娘终于发怒了，警告他如果再跟着自己就报警。他此时才醒过神来，诚恳地告诉她，自己是一个服装设计师，见她的身材条件优秀，想请她做模特，跟着她，只是怕失去这个机会。

正是这种痴迷，让他的创造能力达到了一次次飞跃，成为时装店里最优秀的设计师。但他并未就此满足，他决定凭着学到的知识，来开创自己的一片天地。3年后，他在租来的简陋小屋里，第一次推出了自己的女装设计，结果一举震惊了整个巴黎。

一个地地道道的农民的儿子，一个没有读过几天书的小裁缝，在战胜苦难与孤独之后，终于与成功牵手。直到现在，他仍然主宰着全球时尚领域最前沿的部分，他成为名副其实的天下第一裁缝。他的名字叫皮尔·卡丹。

　　很多人在与苦难的斗争中败下阵来，而只有那些一直坚持到最后的人，才会成为为数不多的成功者。所以，千万不要拒绝苦难，因为苦难的下一站往往是成功。

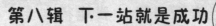

一小时造就辉煌

文/凤 凰

美国的盖普洛民意测验所曾经对一百多位多才多艺的社会名流的成功经历进行调查，他们从中发现了一个令人吃惊，也是极其简单的结论：他们的辉煌只不过是每天多用了一个小时来做其他事情。"二战"期间，美国总统富兰克林·罗斯福的精力十分旺盛，许多人都认为他是休息得好的原因，还有人认为他食用了营养品。但是，盖普洛的调查结果却是罗斯福每天都花一个小时的时间，把自己关在屋子里玩邮票。当他从屋里出来的时候，他就会变得精神抖擞了。世界织布业的巨头威尔福莱·康日理万机，他在中年后却成为了一名出色的油画家。一个日理万机的商人，为什么有朝一日会成为一个出色的油画家呢？原来他每天早起一个小时来画画，一直画到吃早饭为止。画画让他养成了早起的习惯，因此他的身体也特别健康。十多年过后，他所创作的油画有几百幅被人以高价买走，并且收藏起来。好心的他把那些钱全都用作奖学金，奖给那些攻读绘画艺术的学生。

罗斯福和威尔福莱·康都是工作繁忙的人，由于他们肯舍得花一小时来调节自己，他们由此造就了令人瞩目的奇迹。在

这个世界上，有时候，造就辉煌只是看你有没有花一点时间来做其他事情。时间不必太多，每天一小时就足够了。

20 世纪 70 年代末，日本的一个年轻人开了间 20 平方米的小杂货店。由于缺乏资金，因此他的店里的杂货品种不多，也因此顾客冷落，生意清淡，几乎要关门大吉了。按照当时人们的经营方式，杂货店一般在夜里 11 点就都关门了。一天夜里，年轻人忙着清理货架准备关门的时候，进来了几个买东西的人，年轻人接待了他们。当他们走后，年轻人又在店里多待了一会儿，结果又来了几个买东西的人。后来，这个年轻人改变了经营时间，每天营业到 12 点才关门。由于他比其他杂货店营业延长一个小时，因此成了附近人们夜里购物的首选地点。一年过后，他的小杂货店扩大了，其营业总额达到了两亿日元。他趁机发展，生意越做越大，后来在日本有了五十多家分店。到 2002 年的时候，他公司的总营业收入达到了 1148 亿日元。这个成就大业的年轻人的名字就叫安田隆夫，日本赫赫有名的商人。

一个几乎关门的小杂货店之所以能成为一个大公司，一个赚钱糊口的小老板之所以能成为一个有名的大商人，只因为他每天多营业了一小时。奇迹的产生并不困难，就看你每天有没有多花时间来努力工作。那多花的一小时，就是造就辉煌的关键。

一个人，只要他每天都肯花一点时间来做有意义的事，不管是否与工作有关，他都可以造就辉煌。时间不必太多，每天有一小时就足够了。